Krumme Beine

—

Als Dackel hat man´s auch nicht leicht

BOOKS on DEMAND

Anette Höhnke

Krumme Beine
–
Als Dackel hat man´s auch nicht leicht

Weitere Erkenntnisse aus der Hundeperspektive

Bibliografische Information der Deutschen Nationalbibliothek: Die Deutsche Nationalbibliothek verzeichnet diese Publikation in der Deutschen Nationalbibliografie; detaillierte bibliografische Daten sind im Internet über http://dnb.dnb.de abrufbar.

Titelbild: **Anette Höhnke**

Herstellung und Verlag: BoD – Books on Demand, Norderstedt

ISBN: 978-3-7528-0983-1

Für Motte.

Always on my mind.

Über Büroschuhe und Aufstehen vor dem Aufwachen

Das bestimmte und selbstbewusste Klackern von ganz bestimmten Schuhen auf dem Bürgersteig vor dem Haus weckt mich aus meinem entspannten Schläfchen - hören kann ich schließlich sehr gut, wenn ich will und es sich lohnt. Schließlich bin ich ein Dackel, auch wenn ich, warum auch immer, den Namen eines anderen Tieres trage: Mein Name ist Motte. Angeblich bin ich ein reinrassiger, standardgroßer Rauhaardackel. Tatsächlich bin ich klein, glatthaarig und einfach süß - sagt der Chef. Und der muss es wissen, er muss ja schließlich mit mir zusammen leben, seit ich mir vor langer Zeit diese Familie als Rudel auf Lebenszeit ausgesucht habe.

Wenn der Chef von der Arbeit kommt, trägt er oft seine von mir so genannten *Büroschuhe*. Die haben feste Absätze, die das Geräusch jedes seiner selbstbewussten Schritte vom Parkplatz vor dem Haus bis in unsere Wohnung tragen. Und dieses Klackern kenne ich gut. Diese Büroschuhe eignen sich nicht wirklich, um durch den Wald oder über Feldwege zu gehen - daher weiß ich auch sehr genau, was Sache ist, wenn der Chef morgens diese Art von Schuhen anzieht: ich darf dann nicht mit. Andere Hunde mögen die Brummkiste (das Auto) des Personals am Geräusch erkennen - ich bemerke halt die Schuhe des Chefs. Übrigens sind die Absätze dieser Büroschuhe so fest, dass es ein ganz schönes Stück Arbeit darstellt, dort interessante Muster mit den Zähnen hinein zu schnitzen. Ich habe es versucht und hatte danach ein paar Tage lang regelrecht Muskelkater im Kiefer. Der Chef war über meinen selbstlosen Einsatz (wie so oft) nicht sehr erfreut. Seither stehen die Schuhe in einem Regal; in einer für Dackel fiesen (weil unerreichbaren) Höhe. Ich kann sie riechen (ob ich möchte oder nicht...), komme aber nicht heran. Der Chef hat mehrere dieser Fußbedeckungen - gemeinerweise. Denn früher dachte ich mal, dass der Chef ohne seine Büroschuhe morgens auch nicht verschwinden würde - ein enttäuschender Trugschluss meinerseits. Ich durchlebte dann häufig die verschiedenen Stadien eines verlassenen Hundes (Verzweiflung, Überlebenskampf, Trotz („das hat er jetzt davon - ist ja jetzt auch egal"). Erst viel später in meinem Leben bei meinen Menschen lernte ich, dass es gar nicht so schlecht ist, eine Zeitlang Ruhe vom sonst allgegenwärtigen Personal zu haben - und diese menschenlose Zeit dann auch zu genießen. Endlich Ruhe, um die Wohnung ohne störende und überwachende

Zweibeiner zu inspizieren und auf vergessene oder, und das ist wohl ein ganz besonderes Menschenspiel, mit voller Absicht vor Dackelgelüsten versteckte Nahrungsmittel zu durchsuchen. Und irgendwie ist es ja auch mal toll, Muße für ein ungestörtes Schläfchen unter meiner Kuscheldecke zu haben, auch wenn ich mich in dieser Zeit dummerweise selbst zudecken muss - denn auch auf wiederholte lautstarke Aufforderungen erscheint kein Zweibein, das diesen Job übernimmt. Aber ich habe auch ausreichend Zeit, um auf meinen ganz persönlichen Lieblingsplätzen ein Nickerchen zu halten - und zwar völlig egal, ob der Chef diese Ruheoasen nun gut findet oder nicht: im frisch gemachten Bett, auf dem vergessenen Turnbeutel der Nachwuchschefs oder auch auf dem von der Fußbodenheizung angenehm erwärmten Vorleger im sonst so verhassten Badezimmer. Ist ja niemand da, der meckert - und, im Fall des Badvorlegers: die Gefahr einer unfreiwilligen Dusche ist auch nicht gegeben. Außerdem habe ich gelernt: sie kommen immer zurück zu mir, meine Menschen.

Meine Menschen: das sind der Chef (der gleichzeitig auch Mutter und Ernährer unseres Rudels ist - und ja, der Chef ist weiblich) und die beiden Nachwuchschefs, beide im Menschen-Teenageralter. Ich kenne mein Rudel nun schon so lange - mehr als acht Jahre sind es nun. Der Chef mault manchmal, dass die Juniors anstrengend seien. Ich kann das gar nicht bestätigen. Jede Zeit hatte ihr Gutes. Früher haben sie mit mir auf der Wiese Ball gespielt, mittlerweile sind wir ja alle etwas gesetzter und spielen nicht mehr so wild - aber für mich immer erfolgreich. Meine gute und konsequente Erziehung des Nachwuchses in deren ganz jungen Jahren zahlt sich nun aus. Die beiden sind mir gut gelungen und ich bin sehr stolz auf mein Werk (das der Chef ohne mich nie so hinbekommen hätte).

Was soll ich auch weiter sagen zu einem Menschen, der auf solche seltsame Ideen kommt: Ein neuer Tag beginnt - und ich soll schon wieder mitten in der Nacht vor die Tür. Der Chef nennt es „ich muss arbeiten", für mich ist es einfach nur eine dumme Ausrede - und ich werde den Gedanken nicht los, dass er damit einfach nur seine geglaubte Macht ausspielt. Auch die Nachwuchschefs stimmen mir hier uneingeschränkt zu: echte Gründe zum Aufstehen um diese Uhrzeit sind bei uns allen nicht vorhanden. Der Einzige, der nachdrücklich darauf besteht, ist mal wieder der Chef. Aus welchem Grund sollte ich aufstehen, bevor ich eigentlich aufwache? Nach wie vor bin ich der Meinung, dass der Chef sein Leben nicht wirklich im Griff hat. Ich arbeite daran – und ich werde es zu unser aller Gunsten ändern. Das habe ich mir fest vorgenommen. Er wird mir nochmal dankbar dafür sein, er weiß es nur noch nicht.

Ich muss also oft mitten in der Nacht heraus ins definitiv um diese Uhrzeit feindliche Leben und weg von meinen gerade dann wirklich angenehmen Träumen. Der Chef zieht mir die Decken weg und spricht die sonst ja wirklich magischen Worte: „Komm, wir gehen raus".

Was für ein verheißungsvolles Versprechen! Aber leider halt zur definitiv falschen Tageszeit. Gut – wir Hunde sind es gewohnt, auch kleine Erziehungserfolge dankbar anzunehmen. Immerhin fiel der wichtige Satz. Am richtigen Zeitpunkt arbeite ich noch. Ich schweife ab.

Die Schuhe klackern also auf dem Bordstein – und ich erwache aus meinen Tagträumen. Ich weiß genau: zwischen dem Klackern und dem Geräusch der sich öffnenden Wohnungstür vergehen noch ein paar Augenblicke, in denen sich der Chef vom zweiten großen Mysterium – neben der Brummkiste – in meinem Leben, dem sogenannten „Fahrstuhl", vom Flur unten zu unserer Wohnung nach oben beamen lässt.

By the way: das Ding ist wirklich fast genauso unerklärlich wie die Brummkiste, die der Chef „Auto" nennt. Eine Tür öffnet sich und gibt den Blick in eine kleine Zelle frei. Ich werde gezwungen, hineinzugehen - ob ich will oder nicht. Kurz darauf (und das ist wirklich ein Zeitvorteil gegenüber einem Auto!) öffnet sich die Tür wieder und spuckt mein Personal und mich ganz woanders wieder aus. Allerdings variieren hier die Ziele nicht so wie bei der verhassten Brummkiste: entweder stehen wir vor der Wohnungstür oder aber vor der Tür in die große weite Welt. Da ich regelmäßig mehrfach täglich in dieses Ding gezwungen werde, habe ich es auch aufgegeben, mich darüber aufzuregen. Toll finde ich es dennoch nicht. Oft habe ich gerade einmal genug Zeit, mich mit dem Rolli einmal um mich selbst zu drehen und den Boden zu untersuchen - dann ist unsere Reise in dieser seltsamen Maschine schon wieder beendet - ich habe hier einfach resigniert und investiere keine Kraft mehr in Dinge, die ich offenbar nicht ändern kann. Ich räche mich auf meine eigene Art für die Bevormundung, nicht selbst über meinen Wunsch nach einem Transportmittel zu entscheiden. Manchmal dauert mir diese kurze Reise dennoch zu lange und es passiert mir (natürlich aus Versehen!) ein Malheur. Leider hat sich das Thema auch damit noch nicht erledigt: denn dann muss ich aussteigen und vor der unheimlichen Kapsel warten, bis der Chef ein Tuch und das Desinfektionsspray geholt hat. Je nachdem, wo wir dann gerade sind („oben" oder „unten", wie der Chef es nennt), muss ich trotzdem wieder hineinrollen. Dann mieft es dann in dem engen Raum nach „furchtbar sauber". Welcher Hund mag das schon...? Ich jedenfalls nicht - und das zeige ich auch deutlich, indem ich mich bemühe, demonstrativ auf den Spitzen meiner Pfoten zu stehen und selbstverständlich einen äußerst genervten Blick aufsetze. Was der Chef kann, kann ich schließlich schon lange.

Nun gut, manchmal weiß der Chef eben offenbar selbst nicht so genau, was er möchte - oder er liebt dieses Risiko der Ungewissheit, ob uns das Ding auch dort ausspuckt, wo es das bisher immer getan hat. Wer weiß das schon genau...?

Immerhin, jetzt gerade muss ich ja noch nicht mit diesem Ding fahren und habe daher genug Zeit, mich ausgiebig zu strecken und wach zu werden, damit ich dem Chef gleich mit voller Energie gegenübertreten kann. Denn wenn das Personal die Wohnung betritt, bedeutet das selbstverständlich: nun ist *Dackeltime!* Die lange Abstinenz der Zweibeiner von ihrem geliebten Hund muss ich sie natürlich sofort mit wilden Spielen, gefüllten Snackbällen und natürlich einem langen Spaziergang vergessen lassen - wer weiß, was eine so lange Trennung von mir sonst für Konsequenzen für die menschliche Psyche haben könnte...? Ich kümmere mich aufopfernd und trage dafür jeden Tag aufs Neue Sorge. Manchmal realisieren die Menschen aber überraschenderweise nicht sofort, wie sehr ich ihnen gefehlt habe. Hier muss ich manchmal noch ein wenig an der Erziehung des Personals feilen. Oft bekomme ich dann zwar einen gefüllten Ball - aber habe häufig das Gefühl, allein dadurch nicht ausreichend für meine Beachtung zu sorgen. Von meinen persönlichen Bedürfnissen mal ganz abgesehen - Zweibeiner müssen häufig einen Schubs erhalten, um ihr wahres Glück zu erkennen: hin zu dem Vierbeiner, der dem Leben des Rudels doch erst den wahren Sinn gibt.

Über Spaziergänge und gelebte Erfolge in der der Menschenerziehung

Der Schlüssel dreht sich nun endlich im Schloss und ich bin nach meinen ausgiebigen Erkundungsgängen in der Wohnung und dem anschließenden erfrischenden Schläfchen mehr als wach und bereit. Klar freue ich mich auch, den Chef zu sehen - aber die Sonne scheint und mein Plätzchen auf dem Balkon wartet auf mich. Da setzt Hund einfach Prioritäten. Wie ich diese blöde Terrassentür selbst aufbekomme, habe ich noch nicht herausgefunden und bin daher dummerweise auf das Gutdünken meines Personals angewiesen. Der Chef betritt also die Szene und blubbert mich sofort, wie gewohnt, mit sinnfreiem, aber offensichtlich hocherfreutem Blabla zu. Gut, das kenne ich ja und lasse es wie immer geduldig über mich ergehen (Stichwort für das Menschenerziehungsnachschlagewerk: „auch mal auf die Bedürfnisse des Personals eingehen"). Er murmelt was von einer Entschuldigung, dass es heute länger gedauert hat. Da keine Schlüsselwörter fallen, die mich aufhorchen lassen sollten („spazierengehen", „lecker", „Ball" oder auch seine gern genutzten Handlungsempfehlungen wie „Sitz!", „Lass das", „nein" oder Ähnliches), hole ich mir als Dackel von Welt souverän schnell und dank des schönen Wetters heute bewusst nur in Kurzversion meine Streicheleinheiten ab und drehe mich dann vielsagend Richtung Balkontür um. Der Chef ist gut erzogen, er versteht meinen wortlosen Befehl daher sofort und öffnet die Tür in meine kleine, sonnengeküsste Freiheit. Auf dem Balkon liegen selbstverständlich an meinen Lieblingsplätzen einige Teppichfliesen, damit ich meinen fragilen Dackelkörper nicht ungeschützt auf den harten Holzboden betten muss. Leider bescheint die Sonne aufgrund der schon fortgeschrittenen Tageszeit aber exakt den Bereich *zwischen* zwei dieser Fliesen. Zeit für den Chef-Einsatz, den ich natürlich umgehend anfordere. Ich setze mich auf den von mir präferierten Platz und schicke ein leises, forderndes Bellen in den Innenraum der Wohnung. Wie erwartet, erscheint sofort der Kopf des entsprechend erzogenen und gehorsamen Chefs in der Balkontür: „Was ist bei dir los...?" Mein Chef gehört zum Glück zu den wirklich lernfähigen Zweibeinern und hat viele wichtige Gehorsamspunkte gut verinnerlicht (da bin ich echt stolz drauf, den habe ich wirklich schon ganz gut hinbekommen).

In der Menschenerziehung ist es meiner Meinung nach von großer Wichtigkeit, den Dosenöffner nicht nur zum passiven Befehlsempfänger zu formen. Mitdenkende Menschen können uns Hunden das Leben enorm erleichtern und unseren Aufwand für gewünschte Aktionen deutlich verringern! Eine umfassende, manchmal wirklich auch schwere Aufgabe, keine Frage. Aktives Denken scheint eine der *Sportarten* zu sein, die viele Zweibeiner - warum auch immer - eher ablehnen. Dranbleiben ist anstrengend, lohnt sich aber für uns auf Dauer, liebe Hundekollegen. Ich stelle sogar die abenteuerliche Behauptung auf, dass es auch für das Personal im Leben außerhalb unseres Kosmos nur von Vorteil sein kann, wenn diese, offenbar für viele Menschen sehr schwierige Disziplin, sicher beherrscht wird.

Der Chef wirft also einen Blick auf mich und realisiert schnell, dass der Dackel, wie hundegewünscht, auf dem Balkon sitzt. *Strike.* Die Sonne scheint. Ebenfalls s*trike.* Teppichfliesen trocken? *Strike.* Nun dauert es erfahrungsgemäß einen Moment, den ich meinem zu Erziehenden in dieser komplexen Situation aber gerne und geduldig zustehe. Und ja, es funktioniert: „Oh, der Teppich liegt ja gar nicht in der Sonne... Du armer Dackel...!".

Auf der Stelle werde ich dann hoch gehoben, die von mir gewünschte Teppichfliese auf den gerade bevorzugten Platz in die Sonne gezogen und ich werde vorsichtig wieder abgesetzt. Geht doch; Mission erfolgreich. Es tut gut, sich auf dem Erfolg im wahrsten Sinne des Wortes ausruhen zu können.

Eine umfassende Erziehung zahlt sich aber auch in anderen Situationen aus:

Wenn es zum Beispiel am Vorabend geregnet und das Personal es dummerweise versäumt hat, die Teppichfliesen rechtzeitig in die trockene Wohnung zu räumen. Nun lacht die Sonne und ich kann es kaum erwarten, mir endlich das Fell wärmen zu lassen. Und dann ist die weiche Unterlage, die zwar am gewünschten Fleck liegt, nass. NASS! Ein unhaltbarer Zustand! Und selbstverständlich ein nur schwer zu verzeihender Fauxpas des Personals, nicht von sich aus und umgehend für eine weiche (und natürlich trockene!) Liegegelegenheit für mich zu sorgen. Dank meiner hervorragenden Vorarbeit genügt aber auch hier ein leises Bellen - und sobald der Chef, fast ganz alleine und mit sichtbar schlechtem Gewissen, das Problem erkannt hat, schleppt er eine trockene Teppichfliese an, die er umsichtig auf dem von mir priorisierten Fleck postiert. Auch hier kann ich dann nur eins sagen: geht doch. Aber noch muss ich für meinen Geschmack zu häufig erst meckern - an der aktiven geistigen Mitarbeit des Chefs muss ich noch feilen. Ich bin da aber sehr zuversichtlich, denn die Zustimmung und Bereitschaft zur Mitarbeit ist ja zum Glück potentiell vorhanden und damit ausbaufähig.

Manchmal tritt auch etwas völlig Ungeheuerliches ein. Das äußere Umfeld stimmt: geöffnete Terrassentür, trockene, weiche, trockene Unterlagen in bevorzugter Lage, ich liege bequem und entspannungsbereit in der Sonne - da wird das wärmende Licht von irgendwem ausgeschaltet. Wer dafür verantwortlich ist? Selbstverständlich das Personal! Den halben Tag musste ich nun schon in einem meiner vieler Körbchen unter (zugegebenermaßen) kuscheligen Deckenbergen verbringen (unter die ich mich allerdings, mangels Personals, ganz allein hinunterwühlen musste). Nun ist endlich wieder jemand da, öffnet die Tür zu meinem persönlichen Solarium - und...? Das wärmende Sonnenlicht verschwindet einfach. Selbstverständlich gebe ich geduldig, wie immer, zunächst meinem Personal die Möglichkeit, diesen unglücklichen Umstand selbst zu erkennen und unverzüglich abzustellen. Ich bleibe ruhig und liege demonstrativ, wie Espenlaub zitternd, in der nun kalten, sonnenlosen Luft. Manchmal erfolgt wider

Erwarten keine umgehende Reaktion des Personals, dann muss ich deutlicher werden und rufe wieder mit einem zunächst leisen Bellen die Zweibeiner zu ihren Aufgaben. Oft schaut der Chef dann hoch (er muss, wie ich, auch ganz gute Ohren haben – ist aber ja kein Wunder, die liegen ja auch frei und werden nicht von Schlappohren verdeckt), gibt aber nur sein bekanntes sinnfreies Blabla von sich. Nicht das, was ich erwarte und schon gar keine angemessene Reaktion, die ich ihm doch in mühevoller, jahrelanger Erziehungsarbeit eigentlich beigebracht zu haben dachte. Also muss ich deutlicher (lauter) werden: er will es ja offenbar nicht anders. Auch hier höre ich aus seiner Antwort lediglich Resignation, Abwehr und keine Ankündigung einer Aktivität heraus. Warum meine sonst so vollendete Erziehung hier manchmal nicht greift, weiß ich noch nicht, aber ich werde es sicher noch herausfinden – und natürlich perfektionieren. Ich bleibe dran, Konsequenz ist schließlich unverzichtbar – gerade in der Zweibeiner-Erziehung. Mit offensichtlichem Druck erreicht man bei Menschen niemals das avisierte Ziel, das weiß ich mittlerweile.

Unterschwellig, konsequent, aber niemals die eigene Überlegenheit offen zeigen: mein Erfolgsrezept in der Menschenerziehung.

Übrigens ist es ganz wichtig, die Lautstärke des Bellens anzupassen. Zu laute Äußerungen der Vierbeiner führen erfahrungsgemäß oft zu einer (natürlich völlig überzogenen) strengen und jetzt erst recht unwilligen Antwort des Personals. Das ist einfach kontraproduktiv und daher zu vermeiden. Ein Fiepsen, das in Lautstärke und Tonfall eher an ein kuscheliges und schutzbedürftiges Küken denken lässt, hat häufig den „du armer, armer, kleiner, süßer Hund"-Beigeschmack und führt aufgrund des Niedlichkeitsfaktors oft zum gewünschten Ziel. Ganz wichtig: nur praktizieren, wenn keine anderen Hunde in der Nähe sind – der Imageverlust ist sonst dramatisch und nur sehr schwer wieder auszugleichen.

Nach einigen erfolglosen Lautäußerungsversuchen in verschiedenen Tonlagen ohne zufriedenstellende Reaktion des Personals schleppe ich mich also - offensichtlich und auch für die Zweibeiner deutlich zu erkennen - zitternd wieder in die Wohnung, postiere mich an einem strategisch wichtigen Punkt der Wohnung (enge, dunkle, schwer einsehbare Stellen in den bevorzugten Personallaufbahnen sind hier besonders zu empfehlen), überspringe den zur Zeit offenbar erfolglosen Erziehungspunkt „Sonne anschalten" und konzentriere mich auf das nächste, wirklich wichtige Highlight in meinem Tagesablauf: den täglichen Spaziergang. Wenn eine Situation erfolglos zu sein scheint, hat es sich in der Vergangenheit als sinnvoll erwiesen, nicht weiter starrköpfig und trotzig auf meinem Recht zu beharren, sondern dem Personal Handlungs-Alternativen zu bieten. Auf den Punkt mit der Sonne komme ich bei passender Gelegenheit aber selbstverständlich zurück. Ich weiß, dass ich mit meinen Alternativvorschlägen erfolgreich sein werde – ich habe diesen wichtigen Schritt bereits erfolgreich gemeistert und den Chef auf die Folgen eines unterlassenen oder zu kurz geratenen Auslaufs mehrfach praktisch hingewiesen. Und tatsächlich: der Chef begibt sich fast unaufgefordert in den Flur und zieht sich Schuhe an – *nicht* die Büro-Klacker-Schuhe, wohlgemerkt! Dackeltime! Endlich.

Draußen vor dem Haus scheint übrigens auch keine Sonne, aber das finde ich jetzt nicht so schlimm, denn dort möchte ich ja nicht chillen, sondern etwas erleben. Und das tue ich draußen – immer!

Wer jetzt glaubt, dass ich vor der Haustür sofort Gas gebe, der täuscht. Zunächst muss ich vorsichtig testen, wie die Wetterverhältnisse *draußen* sind. Fehlende Sonne ist nicht entscheidend – bei Regen oder nassem Boden relativiert sich meine eigentlich unbändige Energie aber deutlich. Heute hat der Chef jedoch zumindest hier alles richtig gemacht, es ist trocken und kühl, so wie ich es liebe. Warum er das nicht immer hinbekommt, weiß ich nicht – er sollte doch mittlerweile wissen, was mir gefällt. Dass mein allmächtiger Chef, der ja sonst auch alles bestimmen möchte, selbstverständlich auch für das Wetter „draußen" zuständig ist, steht natürlich für mich außer Frage. Daher muss er natürlich bei nicht so gelungenen Wetterverhältnissen meine schlechte Laune und plötzliche Unlust ungefiltert ertragen. Das hat er dann davon. Wir treten also aus der Tür, ich scanne kurz die Umgebung. Irgendwelche zweibeinige Leckerchen-Lieferanten in der Nähe? Oder andere Vierbeiner? Möchte mich armen Rolli-Hund vielleicht jemand bedauern oder streicheln? Nein? Na gut. Dann auf zum ersten Grün. Dort muss ich dann erst einmal ausgiebig Zeitung lesen. Der Dackel von Welt möchte schließlich wissen, was in der Nachbarschaft so vorgeht (oder treffender formuliert: welche Hunde heute schon an meinem Lieblingsbusch vorbei gekommen sind). Unglaublich, diese vielfältigen Gerüche. Sorgfalt braucht Zeit. Und ich bin selbstverständlich sehr gründlich! In der Entfernung vernehme ich ein leises Klingeln. Ich kenne das Geräusch: Klimperdinge, die am Halsband eines vierbeinigen Kollegen baumeln. Sofort bin ich in "Hab Acht"-Stellung - man weiß ja nie, wer da so kommt. Ein kurzer Blick zeigt mir: ach so, das ist nur der kleine, braune Hund von Nebenan, der ist langweilig. Ich untersuche also in Ruhe weiter die Büsche, während der Chef unruhig von einem Fuß auf den anderen trappelt. Ich könnte mir vorstellen, dass ihm kalt ist. Nun, dagegen hilft Bewegung. Also gebe ich Gas - und werde gemeinerweise von der blöden Leine gebremst. Der Chef ist, wie eigentlich immer, zu langsam für mein Tempo. Es dauert immer eine Weile, bis der Chef seine Laufgeschwindigkeit an das dackeltechnisch geforderte Maß angepasst hat. Als er mich gerade fast eingeholt hat, erschnüffelt meine Nase mitten im Lauf einen bemerkenswerten Geruch an einem am Wegesrand stehenden Grashalm - und ich bleibe selbstverständlich auf der Stelle stehen. Das führt häufig zu interessanten Bremsmanövern des Chefs, der dem plötzlich den Weg blockierenden Dackel im Rolli irgendwie ausweichen muss (der Mensch war ja endlich im Schwung...). Ich werfe ihm schnell noch einen genervten Blick zu: ob er weiß, wie lächerlich er aussieht, wenn er so ungeschickt über einen stehenden Dackel hopst?

Ich kenne die Wege in der Umgebung mittlerweile und weiß anhand der Richtung genau, was ich vom heutigen Spaziergang erwarten kann. Und diese Richtung, die der Chef einschlagen möchte, sagt mir heute gar nicht zu. Ich möchte bitte aufs Feld. Und wenn ich etwas möchte, kann ich sehr bestimmend und hartnäckig sein. Der Chef nennt mich dann gerne *stur* und *dickköpfig*. Warum er so wichtige Eigenschaften wie Charakterstärke und Konsequenz immer so negativ benennt, habe ich noch nie verstanden – das ist offenbar ein weiteres Mysterium in der gemeinsamen Welt von Hunden und Menschen – und erklärt meiner Meinung nach viele Missverständnisse. Natürlich setze ich mich auch hier durch. Ich stemme also beide Vorderbeine fest in den Boden (die Hinterbeine hängen ja im Rolli) und bewege mich keinen Millimeter weiter in *seine* Richtung. Früher, als ich noch auf allen vier Beinen unterwegs war, habe ich dann zusätzlich noch den Hals lang gemacht. Ein unbedachter Zug des Chefs an der Leine: und das lästige Halsband rutschte wie von selbst über meine Ohren. Ich musste selbstverständlich davon ausgehen, dass selbiges das menschliche und wortlose Signal für "okay, dann lauf halt frei" war und genoss meine Freiheit. Oft rannte der Chef dann fluchend und schimpfend hinter mir her. Das Blabla habe ich (wie immer) absichtlich nicht verstanden, aber offenbar hatte ja er auch Spaß am Rennen, sonst hätte er es ja nicht getan... Menschen widersprechen sich so oft mit ihren Worten und Taten selbst, daher ignorierte ich dieses Geschrei häufig und widme ich mich zunächst den wirklich wichtigen Dingen des freien Dackellebens, stelle meine Ohren unter den langen Bedeckungen also entsprechend auf Durchzug. *Too much information...*

Wenn nach meiner ersten Euphorie ob der grenzenlosen Freiheit des Chefs Stimme dann doch wieder zu mir durchdrang, hatte sich der Ton verändert und lockte mit dem Versprechen auf Käsestückchen. Gut, da musste ich ja doch mal nachschauen gehen. Aber erst, nachdem ich dieses vielversprechende Loch in der Erde mitten auf einem frisch umgepflügten Feld ausgiebig untersucht hatte. Ich wollte ja schon zurück zu ihm - aber erst, wenn ich den Zeitpunkt für angemessen hielt und meine eigenen wichtigen Aufgaben erledigt hatte. Den Käse würde es sicher später auch noch geben, da war ich mir sicher. Und behielt Recht. Ach ja, das war eine schöne, wilde Zeit.

Seit meinem Bandscheibenvorfall und der folgenden Operation bin ich ja im meinem hinteren Teil gelähmt und gehe in meinem Rolli spazieren. Mit meiner „Karre", wie sie mein Rudel nennt, bin ich fast immer mindestens so schnell unterwegs wie die meisten Hunde ohne Handicap. Wirklich behindern tut mich nur das Geschirr: denn da komme ich leider ohne Hilfe nicht so einfach heraus (gut, wenn es unbedingt sein muss, schaffe ich natürlich auch das - aber das muss das Personal nicht wissen). Also habe ich meine Taktik angepasst. Ein Dackel, der einfach nicht mehr weiter geht, kann einem Zweibeiner die Lust am entspannten Spaziergang recht schnell verderben, habe ich festgestellt. Also gehe ich widerwillig drei Schritte, stemme dann die Beine wieder fest in den Boden und schaue den Chef freundlich, aber intensiv fragend an. Mitleidige Sprüche von zufällig vorbei kommenden fremden Menschen tun ihr Übriges. Übrigens bedauern sie immer mich, den armen, kleinen gelähmten Dackel mit den hängenden Ohren, nie den eigentlich eher bemitleidenswerten Chef am anderen Ende der Leine. Also: mich würde es ja nerven, wenn ich, als Zweibeiner, dauernd auf den tieftraurig schauenden, gehandicapten Hund angesprochen würde (den Hund, der dann allerdings immer hündisch grinsen muss und sich in seiner Taktik absolut bestätigt fühlt).

Meine Vorgehensweise funktioniert, wie immer: wir verstehen uns ja eigentlich gut, der Chef und ich. Er deutet, leicht resigniert, mit einem kaum wahrnehmbaren Zucken eines Fingers in die ursprünglich von mir gewünschte Richtung - und ich gebe wieder Gas und laufe entspannt und als sei nichts gewesen, voraus. Ein erfolgreicher Spaziergang für uns alle. Geht doch. Immer muss ich erst diskutieren.

Ich habe den Chef also, wie gewünscht und erwartet, überzeugt: wir gehen aufs Feld. Ich habe mich selbstverständlich durchgesetzt. Der Chef folgt mir nun; mehr oder weniger freiwillig, aber immerhin. So richtig voran kommen wir aber nicht. Wenn wir andere Menschen treffen, müssen wir fast immer kurz stehen bleiben - und wir treffen hier ständig andere Zweibeiner. Seit ich gehandicapt bin, muss der Chef, ob er will oder nicht, echt kommunikativ sein. Der Chef beantwortet die vielen, immer gleichen Fragen echt dauerhaft freundlich: "Was ist denn mit dem armen Kleinen?" oder "Oooh, der süße, arme kleine Hund! Kann der nicht mehr laufen...?"

Ich habe gelernt, dass Menschen, die "Oooh" sagen, im Allgemeinen sehr willig sind, mich hinter den Ohren zu kraulen, und, wenn es ganz gut läuft, sogar etwas Essbares für mich aus ihren Jackentaschen zu zaubern. Heute verdirbt mir der Chef aber mal wieder den Spaß - denn er mag es gar nicht, wenn mir von Menschen, die er nicht kennt, Dinge ins Maul geschoben werden, die er auch nicht kennt. Ist aber heute nicht so schlimm - ich habe keine Zeit, ich möchte schließlich aufs Feld. Vielleicht treffen wir auf dem Rückweg ja diese Menschen noch einmal - dann habe ich Zeit und Muße (und vermutlich vor Allem Hunger). Ich hole mir also kurz ein paar Streicheleinheiten ab und zeige dann ziemlich deutlich, dass ich nun aber endlich weiter möchte.

Ich weiß ja auch genau, dass mich vom Feld noch ein paar Straßen trennen. Straßen überqueren ist auch so etwas Anstrengendes. Jedes mal, wenn das Ende des Bürgersteigs erreicht ist, zwingt mich der Chef, stehen zu bleiben. Ich finde es zwar furchtbar nervend, offenbar grundlos meinen Lauf zu unterbrechen und erst auf ein Kommando weiter zu laufen, habe mich allerdings schon so daran gewöhnt, dass ich automatisch anhalte, wenn wir ein (abgesenktes) Bürgersteigende erreichen - selbst, wenn der Chef offenbar mal wieder nicht bei der Sache ist und seine Bitte vergisst. Meinen strafenden Blick, wenn ich (aus reiner Gewohnheit) stehen bleibe, hat er sich dann echt verdient. Und ich werde wieder mal in meiner Meinung bestätigt:

Konsequenz ist eher Hundesache und mein aktives Mitdenken offenbar sehr wichtig.

Endlich, die letzte Straßenkreuzung haben wir geschafft. Wir haben die weiten Felder erreicht. An so einem schönen Tag wie heute sind wir natürlich nicht alleine dort. Viele Zwei- und Vierbeiner sind ebenfalls unterwegs. Ich scanne die anwesenden Hunde auf Gefahrenpotential. Der Chef wird bei manchen Hunden nervös. Warum, weiß ich nicht genau, aber ich passe sicherheitshalber verstärkt auf ihn auf. Ist ja schließlich auch mein Job, finde ich.

Da hinten sehe ich die kleine, weiße Hündin, die wie ein weiches, harmloses Plüschtier aussieht, aber in Wirklichkeit eine echte Zicke ist. Die mag *ich* nicht. Ihr muss ich natürlich sofort lautstark mitteilen, dass ich sie zuerst gesehen habe, sie sich auf *meinem* Weg befindet und von dort sofort verschwinden soll. Der Chef hat für meine Maßregelung überraschend gar kein Verständnis. Ich muss jetzt direkt und unglaublich langsam neben seinen Füßen gehen (ich hasse das!). Und vernehme trotz des Lärms, den ich veranstalte, das sacht gesprochene Wort "leise.". Ich weiß sehr wohl, was der Chef nun von mir erwartet - aber da die wuschelige Hundelady mich nun ebenfalls bemerkt hat und zurück pöbelt, kann ich der Bitte des Chefs natürlich jetzt gerade nicht Folge leisten. Gleich, von mir aus - aber nicht jetzt. Früher hat der Chef mich angebrüllt, ich solle leise sein. Ha, wenn er brüllt: ich kann das noch lauter! Irgendwann hat er mal die Taktik geändert. Er sagt *leise* jetzt eben auch *leise.* Gemein - nimmt er mir doch damit alle Argumente, ihn in der Lautstärke zu übertrumpfen.

Nun ja, zumindest auf den vom Plüschball mitgeführten Zweibeiner scheine ich Eindruck zu machen, denn er zieht das Weib mit den gebleckten Zähnen in großem Bogen an uns vorbei. Ich verbuche das mal unter *Sieg nach Punkten für mich.*

Sobald die Zicke an uns, also an meinem rolliverpackten Hinterteil, vorbei ist, verstumme ich. Von meiner Seite ist sofort alles wieder gut. Der Weg ist frei. Was hinter mir ist, interessiert mich nicht. Ich schenke dem Chef einen schrägen Blick; aus Erfahrung weiß ich, dass er, obwohl ich nicht, wie gewünscht, *sofort* auf seine Bitte reagiert habe, wesentlich besänftigter reagiert, wenn ich dabei die Ohren hängen lasse und ein wenig reumütig schaue. Natürlich fühle ich mich in dem Moment nicht so - ich musste diese kleine, fiese Nervensäge schließlich unbedingt in ihre Schranken weisen. Für so etwas hat der Chef aber überhaupt kein Verständnis - und ich habe es aufgegeben, ihn von der Sinnhaftigkeit überzeugen zu wollen. Diesen leicht beschämten Blick: den mag der Chef. Und ich mag einen entspannten Spaziergang ohne großes menschliches Blabla. Eine win-win-Situation.

Ich habe kaum Zeit, den Wegrand auf interessante Gerüche zu untersuchen: da vorne sehe ich den nächsten Hund. Ich hole bereits tief Luft, um mich bemerkbar zu machen - und erkenne: das ist doch Amy, der Nachbars-Jack-Russel. Na gut, die mag ich gern. Wenn wir uns vor der Tür treffen, beide an der Leine, veranstalten wir gerne ein wildes Umeinanderkreiseln. Zu lustig, wie die Chefs sich dann bemühen, Knoten in den langen Leinen-Bändern zu verhindern oder, wenn wir erfolgreich sind, diese wieder zu entwirren. Ob die Zweibeiner wissen, wie lächerlich sie dabei aussehen? Hier, auf dem Feld, reicht uns vierbeinigen Freundinnen ein kurzes *Hallo*, und dann gehen wir beide unseren an sich viel wichtigeren Schnüffelaufgaben nach. Wir sind halt beide eigentlich völlig entspannt.

Besonders gerne gehe ich mit meinem großen Freund Bosse spazieren. Der ist wirklich sehr groß und beeindruckend. Also nicht für mich: ich bin ein Dackel - bloße Körpergröße beeindruckt mich wenig. Aber Bosse ist genauso wild auf spannende Mauselöcher wie ich und außerdem mir gegenüber ein sehr höflicher Hund, der sogar, ganz gentlemanlike, auf mich aufpasst. Kann ich natürlich eigentlich selbst, aber ganz ehrlich, Mädels: es ist auch mal sehr toll, ab und zu einen starken Kerl an der Seite zu haben, der die Umgebung im Auge behält und mir damit ein wenig Verantwortung für den Chef abnimmt. Gemeinsame Leidenschaft für Löcher im Feldrain schweißt zusammen. Meinen Rolli und mein Handicap kennt und ignoriert er (ich bin halt so - andere Vierbeiner stehen dem Rolli und meinen nicht mehr vorhandenen Bewegungen in Rute und Hinterteil oft sehr skeptisch gegenüber). Leider ist er bei unserem heutigen Spaziergang nicht hier.

Dafür aber ein mir unbekannter, schwarzer Hund, der auf den Chef und mich zugestürmt kommt. Da er nicht von einer Leine gebremst wird, gibt er richtig Gas. Ich merke durch das Band, das den Chef und mich verbindet, dessen Unruhe und bin sofort in Habacht-Stellung. Schwarze, große Hunde mag ich außerdem per se nicht - mich hat mal ein freilaufender schwarzer Hund im Wald sehr bedrängt, da ist der Chef sehr böse geworden und ist für mich überraschend vehement dazwischen gegangen - hätte ich ihm gar nicht zugetraut. Natürlich hätte ich mich auch selbst wehren können, aber ich war damals so überrascht von der für mich bisher unbekannten extremen

Reaktion des Chefs - ich war echt kurz sprachlos. Seitdem bin ich aber allen schwarzen Vierbeinern gegenüber zunächst sehr skeptisch - irgendetwas muss gefährlich an ihnen sein, das teilt mir der Chef durch seine plötzlich leicht zittrige Hand, welche die Leine hält, ja sehr deutlich mit. Auch, wenn uns Hunde begegnen, die der Chef *Schäferhunde* nennt, wird er sehr unruhig, selbst, wenn die noch ganz weit weg sind und ich selbst meine Meinung zu diesem Vierbeiner noch gar nicht kundtun konnte. Offenbar hat der Chef irgendein Problem mit manchen Hunden; daher muss ich natürlich dann verstärkt (auf ihn) aufpassen. Leider werde ich, wenn ich hektisch bin, eher schrill von meiner Bell-Lautstärke. Ich weiß, das ist nicht gut und zeugt nicht unbedingt von Souveränität. Ich ärgere mich selbst darüber, kann es aber leider gerade in diesem Moment nicht verhindern. Ich bin ja in größter Sorge um meinen Chef (auch, wenn ich nicht genau weiß, warum eigentlich).

Zum Glück sind der Chef und ich ein Team - auch wenn die Aufgabenverteilung nicht ganz meinem persönlichen Empfinden entspricht. Der Chef vergisst oft seine Angst vor allen anderen felltragenden, bellenden Vierbeinern (außer mir) und stellt sich todesmutig vor mich. Dann kann ich aber leider nichts mehr sehen -

außerdem ist *Schutz* ja nun mal mein Job – Höhe oder Handicap hin oder her. Ich bin schließlich ein Dackel. Also dränge ich mich energisch am Chef vorbei. Dem schwarzen Satansbraten werd' ichs zeigen! Leider kommt es nicht dazu. Der Chef greift beherzt zu und hebt mich hoch. Das ist so gemein und demütigend! Der Gegner bleibt kurz stehen. Ich weiß genau, er peilt die Lage. Und stuft den Chef als nicht ernst zu nehmend und meine nun erreichte Entfernung vom Boden als kein echtes Hindernis ein. Der Einzige, der das wie immer nicht versteht, ist der Chef. Er dreht sich (und mich damit mit) weg, und ich bemerke die Panik, die ihn durchströmt. Ich bin mir sicher, der Andere merkt das auch. Natürlich belle ich - so laut ich kann (und werde leider wieder leicht schrill). Der Zweibeiner, der zu dem schwarzen Ungetüm gehört, ist übrigens völlig entspannt - *ich* habe die Zeit, das zu bemerken. "Lassen Sie doch die Hunde das unter sich ausmachen" ruft er dem Chef aus den immer noch gut drei vollen Leinenlängen Entfernung zu. Und macht keine Anstalten, seinen Hund zu rufen. Und dann erlebe ich meinen Chef ganz anders als gewohnt. Er spannt jeden Muskel an (merke ich - ich bin ja gezwungenermaßen ganz nah bei ihm!) und schimpft mit fester Stimme. Wenn er mit mir schimpft, habe ich diesen Tonfall nur ganz selten erlebt - und ich weiß: nun ist es ihm ernst, sehr ernst. Selbst der schwarze Hund, von dem ich ja immer noch nicht weiß, was er eigentlich möchte, ist kurz, aber sichtbar beeindruckt und stoppt aus dem erneuten vollem Lauf. Was genau der Chef sagt, verstehe ich nicht. Und sehen kann ich auch nichts - ich selbst bin immer noch vom Geschehen weggedreht. Freundlich ist das *Blabla* jedenfalls definitiv nicht. Zum Glück ist der Chef des anderen Vierbeiners nun endlich auf unserer Höhe und zwingt seine Lakritznase an seine Seite. Ich merke, dass die Panik beim Chef nachlässt. Er ist immer noch ungehalten und schimpft weiter in scharfem Tonfall. An der Körperhaltung des anderen Zweibeiners kann ich erkennen, dass er uns nach wie vor nicht ernst nimmt. Dennoch muss ich leicht bewundernd zugeben, dass ich den Chef selten so bestimmt und erkennbar sauer erlebt habe. Und das scheint doch irgendwie Eindruck auf das gegnerische Paar aus Zwei- und Vierbeiner zu machen. Der andere Hund wird am Schlafittchen gepackt und muss neben seinem Chef laufen. Und ich entspanne mich langsam wieder. Nur einmal muss ich doch sicherheitshalber noch Laut geben. Ich bin ja schließlich auch noch da. Und ich hätte die Situation auch ganz alleine klären können, das muss ich dem Chef und natürlich dem anderen Hund einfach deutlich machen. Dann setzt mich der Chef wieder auf den Boden - und ich habe den kleinen Zwischenfall sofort verdrängt und frage bei diversen Mauselöchern durch Hineinschnaufen nach, ob vielleicht jemand zu Hause ist und sich ein Buddeln lohnt. Der Chef ist immer noch sehr angespannt und offenbar nicht ganz bei mir. Na gut, dann kümmere mich jetzt erst mal um ihn und frage durch aufforderndes Stupsen am Bein und einen erwartungsvollen Blick: "Chef, hast du den Ball dabei?" Und tatsächlich, der Chef kramt in seiner Jackentasche und fördert meinen kleinen, geliebten roten Ball zu Tage. Ablenkung vom Stress ist für Chefs offenbar auch ganz wichtig. Wieder bleibt alles an mir hängen – aber ich mach das schon.

Endlich wird dieser Spaziergang wirklich spannend und sinnvoll für mich! Auch als gelähmter Dackel kann ich für die Zweibeiner unerwartete und erstaunliche Geschwindigkeiten erreichen - wenn ich will. Und jetzt will ich! Andere Hunde interessieren mich jetzt übrigens überhaupt nicht mehr - ich habe ja meinen Ball, den ich jagen, fangen und unbedingt in ausgerupftes Gras einwickeln muss. Der Chef muss jetzt mal ein paar Minuten selbst auf sich Acht geben - schafft er sicher. Ich bin ja trotz meines Balls immer ein bisschen bei ihm.

Trotz des kleinen Zwischenfalls mit dem neugierigen Hund und dem für den Chef offenbar anstrengenden Zweibeiner ist das heute wieder ein toller Spaziergang, finde ich. Hoffentlich dauert er noch ganz lange! Ich möchte jedenfalls noch nicht nach Hause...

Über Einkaufen, Shoppen und die Kunst, aus Allem das Beste zu machen

Zurück im heimischen Wohnzimmer bin ich dann nach meinem Spaziergang gerade locker warmgelaufen und bereit für die weitere, mir nach der langen Zeit des Alleinseins zustehenden Bespaßung. Schließlich bin ich doch nicht im Mindesten ausgelastet von so ein wenig Laufen! Und ich bin dann verständlicherweise sehr enttäuscht, wenn der Chef die Schuhe gleich anlässt, sich den Einkaufstrolli schnappt und mit einem „bin gleich wieder da" die Tür hinter sich zu zieht - ohne mich. *So* hatten wir nicht gewettet...

Der Chef geht also einkaufen. Allein. Und wird, wie ich gelernt habe, wieder kommen. Meine Begrüßung wird sich dann allerdings in Grenzen halten: ich wurde schließlich erneut verlassen. Aber natürlich gebe ich dem Chef die Möglichkeit, sich durch die Gabe von leckeren Dingen quasi durch den Magen wieder in mein Herz zu schleichen. Ich habe ja wirklich nichts gegen ungestörte Ruhe in meinen Gefilden. Aber nun bin ich fit, ausgeschlafen und durch den Spaziergang angenehm aufgewärmt. Bereit für die spannenden Herausforderungen meines doch noch so langen Dackeltags! Und der Chef meint ernsthaft, er habe mit einem Spaziergang (völlig egal, wie lang der war...) seiner Pflicht genüge getan und verdrückt sich nun wieder? Na, dem werde ich es zeigen.

Dann allerdings holt mich mein sanftes Gemüt ein und ich lenke meine plötzlich aufflammende Zerstörungswut erfolgreich in andere Bahnen. Nein, ich werde keine Tischbeine perforieren und auch nicht sinnlos Tapeten abziehen. Schuhe. Schuhe sind viel besser. Die Hausschuhe, die einen so wunderbaren Duft nach Chef und anderen, sehr leckeren, würzigen Dingen ausströmen und entgegen der hausinternen Sitte statt im Regal auf dem Boden in wunderbarer Dackelerreichbarkeit geparkt wurden, üben nun eine unwiderstehliche Anziehungskraft auf mich einsamen, mal wieder verlassenen Dackel aus. In letzter Sekunde bekämpfe ich erfolgreich das Bedürfnis, gedankenverloren und in Verlusttrauer versunken auf den weichen Lederstreifen herumzukauen. Ganz kurz überlege ich, die Schuhe mit meinem eigenen, unverwechselbaren Parfüm als *meins* zu kennzeichnen. Aber dann nehme ich mir ja selbst das Gefühl der Geborgenheit - denn dann riechen sie ja nach *mir*, nicht mehr nach dem Chef. Vollpinkeln kann ich auch andere Dinge - ich bin schließlich ein gelähmter Dackel und kann unter dem Mantel von „ich kann es ja leider nicht halten" ohne großes Trara überall in der Wohnung meine persönlichen Duftmarken hinterlassen - okay, gewollt oder ungewollt - aber das ist ein anderes Thema.

In der letzten Zeit haben die geheimnisvollen Menschen in den weißen Kitteln sehr zu meinem Ärger eines meiner Geheimnisse entdeckt: ich habe nämlich wieder etwas Gefühl in meiner hinteren Körperhälfte. Ist wohl recht ungewöhnlich, nach so langer Zeit - ich selbst habe hart dafür gekämpft. Dass es wieder so ist, ist für mich gut; aber ich werde mir dennoch meine inzwischen erlangten Privilegien natürlich nicht mehr nehmen lassen. Dass ich meine Blase wieder ein wenig kontrollieren kann, habe ich bisher streng geheim gehalten. Wer weiß, wofür es gut ist. Ein Dackel sollte niemals zu viele Geheimnisse preisgeben. Wenn die Hausschuhe des Chefs nun eben nach mir und nicht mehr nach dem an sich ja schon sehr geliebten Zweibeiner riechen würden, tue ich mir selbst keinen Gefallen. Ich merke schon - zu viel Nachdenken über dackelige Bedürfnisse ist nicht gut - beim diesen Gedanken melden sich unaufgefordert meine Blase und auch der Darm. Ja, ich weiß, ich war gerade erst draußen. Aber dort war es doch so aufregend - für niedere Geschäfte hatte ich einfach keine ausreichende Zeit... Außerdem fehlt mir doch eigentlich die Kontrolle! Natürlich weiß ich, dass ich diese Verrichtungen auf Wunsch meines Personals nicht in der Wohnung erledigen soll – aber da der hintere Teil meines Körpers ja nicht mehr so funktioniert, wie er soll, handeln wir halt manchmal unabhängig voneinander. Nun drängt auch noch das Futter von heute morgen nach draußen. Ich schaue mich im mit pflegeleichten Teppichfliesen ausgelegten Flur um. Immer ein helles und ein dunkles Quadrat im Wechsel. Schön sieht es aus. Viel besser als die hässlichen, giftgrünen Kunstfaserbahnen, die der Chef zu Anfang meiner Laufeinschränkung verlegt hatte. Ein kurzes Nachdenken meinerseits: Kot in der Wohnung findet der Chef nicht gut. Andererseits hat er mich auch schon wieder alleine gelassen und hat sich eine Maßregelung doch eigentlich mehr als verdient. Ich beschließe einen Kompromiss: ich gebe den Bedürfnissen meines Körpers nach – aber werde mich bemühen, mich nur auf die dunklen Teppichfliesen zu erleichtern. Dort sieht man meine Hinterlassenschaften immerhin nicht so gut. Gegen den Geruch kann ich nichts machen – aber der verfliegt sicher schnell. Nach erfolgreicher Mission bette ich mich bequem auf die, wie ich, sehr einsamen Hausschuhe des Chefs. Manchmal ist es auch gut, dass ich so klein bin. Meine schmale Nase passt genau unter die Riemchen - und ein betörender Chefgeruch schläfert den erleichterten Dackel schnell ein.

Ich erwache durch das Klimpern des Schlüssels im Türschloss. Mist - der Chef hatte keine Büroschuhe an und hat sich damit nicht angekündigt. Verschlafen erhebe ich mich, beobachte den Chef nebenbei beim Ausziehen seines Schuhwerks. Er beugt sich zu mir hinunter, streichelt mich und begrüßt mich wortreich in einem mir sehr genehmen, säuselnden und sanften Tonfall. „Komm", sagt er, „wir gehen jetzt in die Küche und räumen die Einkäufe weg". Ich muss mich nun erst mal strecken - rückenschonend sind Hausschuhe als Bett definitiv nicht - und schrecke plötzlich zusammen. Der Chef mutiert mal wieder zum ungerechten Wesen. Statt meine Mühe und mein Mitdenken entsprechend zu würdigen, mich aus optischen, menschengemachten Gründen nur auf die dunklen Teppichfliesen zu erleichtern, schreit er. Er brüllt in einer für meine zarten Hundeohren nahezu unerträglichen Lautstärke sein sinnloses Blabla. Alles nur, weil seine nun nur noch bestrumpften Füße mit offenbar schlafwandlerischer Sicherheit exakt meinen Darminhalt gefunden haben. Dabei sind die Fliesen doch wirklich groß genug, um deutlich daneben zu treten (okay, auf den dunklen Fliesen im dunklen Flur ist ein nicht dorthin gehörender dunkler Fremdkörper schwer zu sehen - aber hallo? Wir alle haben doch Nasen...? Das riecht man doch...?). Wo bleibt meine verdiente Anerkennung, dass ich mich nur dort entleert habe, wo man es eben nicht direkt sieht? Ich fühle mich, wie so oft, völlig missverstanden. Irgendwie entnehme ich daher den erschreckend unkontrollierten und lautstarken Äußerungen des Chefs einen in Dackelaugen völlig ungerechtfertigten Vorwurf mir gegenüber. Pah. Ich bin ein intelligenter Hund - in solchen Situationen bringt eine auf vernünftigen, fundierten Dackel-Argumenten basierte Diskussion mit dem aufgeregten Personal zunächst gar nichts, das habe ich schon lange gelernt. Menschen sind dann einfach zu emotionsgesteuert. Emotionen? Ha, na, das kann ich auch. Ich lasse sicherheitshalber meine langen Ohren optisch noch länger werden und setze meine ultimative Waffe ein: einen Blick aus dunklen, großen, schreckgeweiteten und schuldbewussten Augen: den weltberühmten Dackelblick. Als Verstärkung scheine ich selbst zu schrumpfen und bin, im wahrsten Sinne des Wortes, nur noch ein Häufchen Elend. Um es ganz klar zu sagen: eines dieser Elemente reicht bereits im Normalfall aus, um einen Menschen zu besänftigen. Hier merke ich aber recht schnell, dass Not am Mann ist. Daher spule ich schnell (fast) mein komplettes Menschen-Besänftigungs-Programm ab. Und, was soll ich sagen: ausgesprochen erfolgreich natürlich. Der Chef zieht sich naserümpfend die verschmutzten Socken von den Füßen und (Überraschung!) entschuldigt sich wortreich bei mir für seinen unbedachten Temperamentsausbruch. Der Ton macht also die Musik. Nun gut. Ich habe verstanden, dass es ihm leid tut, nicht genau geschaut zu haben und meine Fähigkeit und mein Bemühen, das so wunderbar dem dunklen Braun der Fliese angepasste Häufchen übersehen zu haben. Ich bin ein Dackel - ich kann natürlich großmütig verzeihen. Daher nehme ich die menschliche Entschuldigung für meine offensichtliche Verfehlung wohlwollend an - unter der Voraussetzung, dass jetzt ich in der nächsten Zeit die Hauptperson bin.

Als Zeichen meines guten Willens folge ich dem Chef sogar ins Bad, wo er die in ein Klopapier gewickelten und unter wortreichem Maulen von der menschlichen Socke gekratzten Reste meines Darminhalts entsorgt. Ich gehe freiwillig mit ins Bad - hallo? Obwohl mir dort in Anwesenheit des Personals ständig ein Bad droht! In meinen Augen ein enormes Zugeständnis und Zeichen meiner unglaublichen Zuneigung und Toleranz. Das natürlich, wie so oft, von meinem Zweibeiner nicht entsprechend gewürdigt wird. Ich bin halt ein wirklich bedauernswerter, armer Hund.

Nun werden die Einkäufe verstaut. Leider passiert es sehr oft, dass der Chef zwar viele außerordentlich gut riechende Dinge einkauft, aber offenbar trotz meiner ganzen erzieherischen Vorarbeit dabei völlig vergisst, mich umgehend damit zu füttern. Ich weiß genau, dass viele der Dinge, die er aus dem Trolli nimmt und in den (für mich gemeinerweise unerreichbaren) Kühlschrank räumt, sehr, sehr lecker sind. Wieder einmal hadere ich mit meiner Körpergröße. Ich bin zwar lang, aber definitiv für manche Herausforderungen zu kurz. Bisher ist mir noch keine erfolgversprechende Lösung zum Projekt „Kühlschranktür selber öffnen" eingefallen. So bin ich, zumindest was diese besonderen, gekühlten Leckereien angeht, auf die Zweibeiner angewiesen. Zum Glück kann ich mich aber hier auf die von mir gut erzogenen Nachwuchschefs verlassen. Durch ein geheimes, nicht offen erkennbares Signal herbeigelockt, stehen sie plötzlich im Raum - überraschenderweise immer erst dann, wenn alle Einkäufe vom Chef selbst verstaut sind und keine unmittelbare

Gefahr für ungeliebte Aufträge mehr besteht („Räum das weg, bring dies dorthin...“). Und wenn der Chef sich endlich anderen Dingen zuwendet, öffnen die jungen Zweibeiner (genauso neugierig und hungrig wie ich – ein Dackel- und Teenager-Dauerzustand) die Kühlschranktür. In besonderen Schrank verborgene Joghurtbecher werden so plötzlich zur sehr attraktiven und potentiellen Dackel-Beute – wenn ich es schaffe, die Juniors zur Zusammenarbeit zu überreden.

Ein offensichtlich kurz vor dem Verhungern stehender Hund, der den Dackelblick perfekt beherrscht und als ultimative Waffe einsetzt, hat bisher noch fast jedes Kinderherz gerührt. Da werden wir zu Verbündeten im Geiste – denn auch den nachwachsenden Zweibeinern ist in diesem Haushalt offenbar nicht immer alles vergönnt.

Der Joghurt-Becher, den sich der Junior-Chef aus dem Kühlschrank geschnappt hat, ist nun fast leer. Und ich bemerke diesen unschuldigen Blick des Nachwuchs-Personals in Richtung des allgegenwärtigen Chefs sehr wohl. „Mama, war doch nur ein Joghurt. Nein, Mama, niemand füttert natürlich den Hund außer der Reihe...“.

Haha.

Der Nachwuchs und ich schauen uns dann tief in die Augen. Der Chef weiß und sieht also alles? Eine

Herausforderung, auch und gerade für den Nachwuchs. Plötzlich und in dieser Geschwindigkeit und Leichtigkeit zugegebenermaßen unerwartet - aber nicht unwillkommen - steckt der Joghurtbecher auf meiner langen Dackelschnauze. Nun gut: wenn er schon mal da ist, mache ich das Beste aus der Situation und beginne sicherheitshalber hingebungsvoll (und schnell) die netterweise im Becher verbliebenen Reste aufzuschlecken. Wäre ja eine Schande, wenn diese Risikobereitschaft des Nachwuchses von mir nicht gewürdigt würde! Wir gewinnen übrigens natürlich immer - wer kann schon einem Hund widerstehen, der bis zu den hängenden Ohren mit der Schnauze in einem Joghurtbecher steckt und wie verrückt schleckt? Der schuldbewusste, ein wenig schnippische Blick des Nachwuchses hat dabei nur wenig Gewicht - aber rettet mich vor einer erneuten, völlig ungerechtfertigten Schuldzuweisung des Chefs: „Guck mal, bis zu den Ohren hat es ihr geschmeckt...!".

Die Einkäufe werden nun also fort geräumt. Natürlich passe ich weiter auf, aber das bedeutet ja nicht, dass ich meine Gedanken nicht trotzdem schweifen lassen kann. Zum Einkaufen darf ich nie mit, denn ich darf in diese Geschäfte nicht hinein. Häufig, hat der Chef erzählt, sieht er vor Lebensmittelgeschäften angebundene und mehr oder wenig geduldig wartende Hunde. Bin ich froh, dass er mir das nicht zumutet: wildfremde Menschen möchten diese Hunde, die ja wahrscheinlich oft unter enormen Stress stehen, weil der jeweilige Chef im geheimnisvollen, sich von allein öffnenden Schlund der automatischen Türen verschwunden ist, streicheln oder regen sich über die verzweifelten Hilferufe der Kollegen auf, statt zu helfen und den jeweiligen Chef einfach und schnell wieder herbei zu zaubern. Der Chef hat erzählt, dass er schon beobachtet hat, dass diesen armen Genossen von es vermeintlich gut meinenden Zweibeiner dubiose Dinge ins Maul geschoben werden, damit sie "ruhig" sind. Ich hoffe doch sehr, dass der Chef nie auf die Idee kommt, mich vor einem Geschäft zu parken. Aber ich kenne den Chef und bin da zuversichtlich - in Gedanken bin ich aber bei meinen vierbeinigen Kollegen und hoffe, dass sie immer vom "Richtigen" wieder abgeholt werden und dass bei den Leckerchen nichts magenfeindliches dabei ist.

Es gibt übrigens Unterschiede in den menschlichen Bezeichnungen für „kaufen". *Shoppen* ist offenbar etwas ganz Anderes als *einkaufen*. Ich habe den Verdacht, dass der Chef auch oft ohne mich *shoppen* geht. Gemein, finde ich, denn Geschäfte finde ich doch auch toll! Gut, ich bin ein Weib, ein Dackel-Weib – und, wie jeder weiß, liegt eine gewisse Affinität zum „Ein Geschäft! Toll! Da gehe ich mal schnell rein, aber nur gucken." den meisten weiblichen Wesen aus irgendeinem Grund im Blut. Die Menschen mit ihren vielen Worten... Also warte ich geduldig zu Hause, bis ich die Rollen vom Einkaufsmonster (dem Trolli) wieder vor dem Haus höre. Denn auch, wenn ich nicht mit darf: in dem Ding, das leer das Haus verlassen hat, sind überraschenderweise bei der Rückkehr immer viele Dinge – und eigentlich fällt beim anschließenden Auspacken immer etwas für mich ab: ob es nun eine Tüte Hunde-Leckerchen ist, die der Chef mal testen möchte (Hallo? Der Chef? ICH teste hier die Leckerchen!) oder vielleicht doch köstliche Fleischwurst oder gar Käse, die ihren Weg selten unangetastet in den Kühlschrank finden. Ich finde es toll, wenn der Chef einkaufen geht (die Nachwuchs-Chefs ja übrigens auch). Es gibt noch eine menschliche Bezeichnung für dieses Thema Einkaufen: *Besorgungen machen*. Da darf ich oft mit. Und ich weiß genau: wenn wir ein Geschäft betreten (egal welches!), richten sich alle Augen auf mich: den kleinen, süßen Dackel mit dem Rolli. Sobald wir vom normalen Weg abbiegen und auf einen Wink des Chefs in ein Ladenlokal einbiegen, sind alle meine Sinne geschärft. Ich höre dann auch das leiseste

„Oh, schau mal, der arme Hund..." und begrüße mit ausgesuchter Freundlichkeit alle Anwesenden und mich zur Kenntnis nehmenden Menschen. Freundlichkeit den Zweibeinern gegenüber zahlt sich für mich häufig in Leckerchen (es gibt so viele Menschen, die Leckereien in ihren Jackentaschen haben und sie mir schneller ins Mäulchen drücken, als ich oder der Chef schauen können – sehr zum mir unverständlichen Ärgernis des Chefs) oder in Streicheleinheiten aus, das habe ich schnell gelernt. Zum Glück kenne mich in vielen Geschäften in der Umgebung bereits aus: die wahre, bedeutsame und leckere Quelle muss immer irgendwo hinter der Ladentheke sein. Also wende ich mich schnell dem *Main Point* in jedem Geschäft zu. Was auch immer der Chef in diesen Läden besorgen muss: ich weiß genau, dass ein offenbar unerschöpflicher Vorrat an leckeren Dingen fast immer hinter der Ladentheke versteckt ist – und daher bekommt die Person, die dort steht, auch immer meine ganz besondere und volle Aufmerksamkeit. Mein persönliches Highlight war ein für mich völlig langweiliger Laden, in dem der dortige Zweibeiner mich zunächst kraulte und sich währenddessen vom Chef meine Lebensgeschichte erzählen ließ (das Blabla kenne ich mittlerweile zur Genüge, da höre ich schon gar nicht mehr zu) und dann plötzlich im hinteren Bereich des Ladens verschwand. Das Zweibein kam dann mit einer Scheibe Fleischwurst für mich zurück (ich liebe Fleischwurst!), die es offenbar von seinem Frühstücksbrötchen geklaubt hatte. Ich selbst bekomme immer Ärger, wenn ich Belag von Brötchen entferne (gut, die sind ja auch meistens nicht für mich bestimmt - aber ganz ehrlich: muss ich das wissen?). Durch einen kurzen Seitenblick auf den Chef holte ich mir schnell sein (lästiges und an sich für mich völlig überflüssiges Einverständnis - aber manche Dinge lerne halt auch ich...) und verschlang die Köstlichkeit. Ein tolles Geschäft, in das wir gerne wieder mal gehen könnten. Manchmal gehen der Chef und ich auch gemeinsam in ein sehr großes Geschäft. Dort gibt es einen Einkaufswagen, der mit einer Decke ausgelegt ist. Manchmal, wenn dieser spezielle Einkaufswagen (mit dem Schild: „Für Ihre Vierbeiner") nicht an dem erwarteten Platz steht, bekommen wir an der Infotheke (eine Ladentheke!) eine extra Decke und natürlich ein Leckerchen. Also ich bekomme das Leckerchen, der Chef bekommt die Decke, die er dann in einen normalen Einkaufswagen legt und mich hineinsetzt. Und dann rollen wir gemeinsam ins Hundeparadies. Kauknochen, Leckerchen, Spielzeuge, fremde, aber tolle Gerüche und viele Menschen: ich liebe diesen Laden, den ich aus meiner ungewohnt hohen und dennoch geschützten Perspektive in Ruhe sichten kann! Jeder, der mich in meinem Shopping-Mobil sieht, hat ein paar nette Worte für mich, streichelt mich vielleicht sogar. Und ich bekomme auf jeden Fall die mir gebührende Aufmerksamkeit, ohne etwas Besonderes dafür tun zu müssen - freundlich und lieb schauen reichen schon! Perfekt. Die Dinge, die der Chef in den Wagen legt, sind manchmal langweilig (was soll ich mit einer Glühbirne oder mit Schrauben tun, außer, die Verpackung in Windeseile zu schreddern?). Aber irgendwann kommt er, der wirklich dackel-interessante Teil unseres Shopping-Trips: Denn dann weiß ich ganz genau: ab jetzt ist alles, was im Wagen landet, nur für mich und für kurze Zeit in meiner selbstbestimmten Reichweite.

Gut, an der Kasse muss ich dann jedesmal mit dem Chef diskutieren. Denn die köstlichen Dinge verschwinden gemeinerweise wieder (kurz). Selbstverständlich behalte ich sie im Blick - aber sie sind für mich eben plötzlich wieder mal nur noch riech- , aber ansonsten unerreichbar. Ein abgrundtief trauriger Dackelblick in Richtung des Zweibeiners, der auf der anderen Seite des Einkaufswagens sitzt, wirkt aber immer Wunder: alles findet schnell wieder seinen Weg zurück zu mir. Und niemand schimpft über angesabberte Tüten oder zerrissene Verpackungen. Ich werde wieder mal bestätigt: der Dackelblick wirkt tatsächlich immer. Niemand, wirklich niemand, den ich bisher kennen gelernt habe, ist auf Dauer gegen einen Dackelblick resistent. Das baut mich auch bei temporären Rückschlägen immer wieder auf.

Das beste Beispiel habe ich jeden Tag vor Augen: ein Geschäft direkt nebenan. Ein Friseurladen (nebenbei ist dieser Laden eine Definitionsausnahme: ein Besuch dort fällt weder unter *shoppen* noch unter *einkaufen* – und *Besorgungen machen* kann man dort auch nicht wirklich). Nie darf ich mit, wenn der Chef sich ab und zu für ein paar Stunden dorthin zurück zieht – aber ich weiß genau, wenn er dort war: ich rieche es schließlich. Warum ich nie mit dem Chef dorthin darf, ist mir bisher ein Rätsel – vermutlich aber greift der Chef dann heimlich alle Leckereien selbst ab und meint, ich würde es nicht merken – schon irgendwie blauäugig, gemein und ein wenig hinterhältig von ihm.

Ist aber in diesem Fall nicht ganz so schlimm. In Köln sagt man: *mer muss och jünne künne* („Man muss auch gönnen können"). Wir gehen ja täglich mehrfach dort vorbei – und bei den meisten Zweibeinern, die regelmäßig dort sind, habe ich meine Erziehung bereits mit

Auszeichnung abgeschlossen. Sobald wir in Sichtweite kommen, springt mindestens ein Zweibeiner meines *Zusatzpersonals* auf, greift hinter die Ladentheke (natürlich, die Theke!) und schiebt mir ein wunderbares Lecker in mein ungeduldig geöffnetes Mäulchen. Meine kaum zu zähmende Ungeduld und manchmal dann eher unsanfte Art wird auf meinen offenbar akuten Futtermangel und den daraus resultierenden Hunger geschoben - sogar in meiner Gier fast abgebissene Finger werden dann ignoriert - sehr zum (im Nichts verpuffenden) Ärger des Chefs, der dann immer was von „Hallo? Wo bleibt deine gute Erziehung...?" murmelt. Bisher war er mit entsprechenden Ansagen und Erklärungen an die anderen Zweibeiner aber nicht erfolgreich - er ist ja (zu meinem Glück) auch nie wirklich konsequent: ein weiteres Zeichen dafür, dass ich bei der Erziehung sowohl des Chefs als auch der meines Zweitpersonals alles richtig gemacht habe. Ich bin sehr stolz auf mich. Mittlerweile gibt es neben den normalen Leckerchen sogar manchmal Fleischwurst! Ein tolles Geschäft, kann ich euch Vierbeinern nur empfehlen. Aber hallo: ich bin ein Dackel, ich kann natürlich zählen. Sollte tatsächlich nur *ein* Zweibeiner sein in Tücher eingewickeltes und offenbar freiwillig zur Unbeweglichkeit verdammtes Haarschneideopfer verlassen und zur Tür kommen, führe ich selbstverständlich eilig und ungefragt ein kleines Kunststückchen für die erwartete Leckerei auf (das Zweitpersonal liebt es, wenn ich mich z.B. in Rekordtempo um mich selbst drehe, „Sitz" und „Platz" ist wegen des Rollis ja leider, leider nicht möglich...) und schaue dann sehr intensiv, fast schon hörbar, nach den anderen, mich offenbar ignorierenden und sich versteckenden Menschen.

Manchmal verstehe ich in dem obligatorisch zur Leckerchengabe dazugehörenden menschlichen Wortschwall Dinge wie „heute nicht hier, morgen wieder" oder so ähnlich – aber das ist mir natürlich völlig egal. Selbstverständlich erwarte ich von meinem Personal (auch wenn es nicht direkt zu meinem Rudel gehört), einen gewissen Einsatz. Und dazu gehört auch meine erwartete und geforderte Aufmerksamkeit und natürlich auch die meinen Ansprüchen entsprechende Präsenz, wenn ich dem Geschäft (mehrfach täglich) meine Aufwartung mache. Zum Dackel-Programm gehört natürlich auch das *„mit den Rolli-Rädern über die Füße rollen".* Die großen Pfoten der Zweibeiner stehen den Rädern meines Gefährts eigentlich immer im Weg (und tun sie das zufällig mal nicht, ändere ich meine Lauf- und Rollrichtung sofort entsprechend. *Meine Definition, meine Regeln...*). Bisher waren die menschlichen Meckereien eher nachsichtig und wohlwollend – ich werde bemerkt, geschimpft hat bisher niemand. Also: ich habe, wie immer, alles richtig gemacht.

Der Chef will manchmal, offenbar rein aus Schikane und aus mir unerklärlichen Gründen, mit von völlig unsinnigen Ausreden gespicktem Blabla an diesem Laden vorbei gehen: „Ist Sonntag, ist zu", „ist abends, ist zu" oder gar „die haben gerade keine Zeit für dich...". Regelmäßig müssen wir dann kleine Machtspielchen vollziehen, die ich leider, aufgrund meiner geringen Körpergröße, zur Zeit noch oft verliere. Ich stemme mich dann mit meinen beiden den Boden berührenden Pfoten in denselben und zeige meinen Unwillen ob des Weitergehens sehr, sehr deutlich. Leider werde ich dann aber oft einfach vorne hoch gehoben und *weggerollt* – absolut demütigend. Aber: ich arbeite daran und mir fällt auch hier schon noch eine Lösung ein.

Liebe vier- und krummbeinigen Kollegen: Natürlich sind asphaltierte Wege und Geschäfte nicht zu vergleichen mit der Vielfalt, der Freiheit und den Möglichkeiten von Feld, Wald und Wiesen. Jeden Tag müsste ich *shoppen* oder *Besorgungen machen* auch nicht haben. Aber manchmal lohnt es sich, die Zweibeiner auch bei diesen Verrichtungen ohne Murren zu begleiten – gerade im Hinblick auf die dackel-eigenständige und vom Menschen unabhängige Versorgung mit gut schmeckendem Futter und Streicheleinheiten. Und im Zuge des Studiums der Zweibeiner sind solche Ausflüge sehr bildend.

Und schließlich muss dackel auch an seiner Fan-Performance arbeiten. Und ich sage Euch: sie lieben mich.

Wer weiß, wofür es gut ist. Stress mit dem Chef stehe ich jedenfalls mittlerweile sehr entspannt gegenüber. Ich weiß ja, wo es notfalls fast angemessen erzogenes Personal gibt.

Über kaputtes Wetter und gemeines Personal

Ich liebe ja Wasser. Eigentlich. Grundsätzlich. Natürlich nur, wenn ich selbst bestimme, wann und wo es mich trifft. Wasser von oben ist grundsätzlich unnötig - völlig egal, ob es aus diesem Duschdings kommt oder einfach so vom offenbar kaputten Himmel fällt. Nasse Pfoten toleriere ich nur, wenn ich selbst entscheide, dass es genau *jetzt* in Ordnung ist: ein schlammiges Matschloch, das verführerisch riecht, kann mich schon mal reizen. Regennasse Wege und Pfützen hingegen, durch ich hindurchgehen *muss*, nur, weil der Chef das bestimmt, sind für mich hingegen absolut inakzeptabel. Ich habe schon oft versucht, den nassen Boden dann mit möglichst wenig Fläche meiner Pfötchen zu berühren - der Chef lacht mich dann aus und meint, ich sähe aus wie eine wehleidige Ballerina (ich weiß nicht, was das sein soll, aber ich bin mir ziemlich sicher, dass es nichts Nettes bedeutet). Selbstverständlich verfolge ich morgens früh, wenn der Chef aufsteht, (verborgen unter meinem Deckenberg) genauestens, was in meiner Wohnung so geschieht. Und ich weiß sehr genau, dass der Chef erst eine Weile Zeit für sich und einige Tassen Kaffee benötigt, bevor er bereit ist, mit mir zusammen auf morgendliche Entdeckungstour nach draußen zu gehen. Ich bemerke aber immer an seinem Verhalten, an seinem Gang, wenn er soweit ist. Dann - und erst dann! - stehe ich auf, platziere mich strategisch günstig mitten im Flur, erwarte ungeduldig Leine, Halsband und Rolli und freue mich auf meine Morgenrunde - wenn es nicht zu früh ist. Denn ich entscheide schließlich, wann ich raus möchte. Auch ich brauche schließlich meine Zeit morgens. Ein ewiges Diskussionsthema hier.

Mein Heim ist eine Dachwohnung. Wir haben zwar keinen Garten, dafür aber den unschätzbaren Vorteil, dass ich Regenwetter frühzeitig durch das Klopfen der Tropfen auf den Dachfenstern hören kann. Gut, dann fällt Balkon und sonnen jetzt wohl aus - aber draußen vor der Tür kann es ja schließlich ganz anders aussehen! Durch jahrelange Beobachtungen habe ich durchaus zur Kenntnis genommen, dass das Wetter hier oben und dort unten draußen auffallend oft ähnlich ist - warum, weiß ich allerdings (noch) nicht. Warum es dieses Wasser von oben überhaupt gibt, frage ich mich regelmäßig. Wahrscheinlich ist es aber einfach eine Gemeinheit des Chefs.

Heute morgen höre ich nun deutlich das Pladdern der Regentropfen auf den Fenstern und erinnere mich daran, dass nasse Pfoten und ungemütliches Wetter auf meiner Prioritätenliste definitiv nicht an erster Stelle stehen. Auf eine Diskussion mit dem Chef („Nun sind wir schon soweit, also gehen wir auch eine Runde") habe ich um diese Uhrzeit auch wirklich noch keine Lust. Daher begebe ich mich nicht wie sonst in den Flur, sondern marschiere direkt weiter ins Wohnzimmer in mein Zweitkörbchen - ein sehr deutliches und durchaus erkennbares Zeichen meiner Unlust, finde ich.

Selbstverständlich besitze ich mehr als *einen* Korb. Wenn ich wollen würde, hätte ich noch viel mehr - aber diese beiden reichen mir - am liebsten ziehe ich mich sowieso auf mein großes Sofa mit des Chefs (meiner!) Kuscheldecke zurück.

In meine Körbchen (egal wo) krabbele ich natürlich aber nicht „einfach so". Als Dackel und damit inoffizieller Chef meines Rudels habe ich natürlich für niedere Tätigkeiten mein ausgebildetes und umfassend geschultes Personal. Niemand (wirklich niemand!) kann und darf von mir erwarten, dass ich mich *alleine* in eine meiner

Kuschelstätten schleppe und mich am Ende dann auch noch selbst zudecken muss. Mein Personal ist zu meiner Zufriedenstellung erzogen, entfernt auf einen kurzen Zuruf meinerseits umgehend die weiche Zudeck-Kuschel-Decke, damit ich mich gemütlich und bequem betten kann, bleibt selbstverständlich geduldig neben dem Korb stehen und deckt mich, wenn ich eine mir genehme Position gefunden habe, anschließend liebevoll und körperumfassend zu. Aber manchmal setze ich meine Prioritäten eben anders.

Heute morgen möchte ich also nicht raus in das hundeunfreundliche Wetter - und habe mich unauffällig und sehr zur Verwunderung des Chefs an ihm vorbei gedrückt und mich *alleine* in meinen Korb im Wohnzimmer gelegt - ein deutliches Zeichen für den zweibeinigen Dosenöffner, dass er natürlich gerne selbst eine Runde im Regen drehen darf (was er ja offensichtlich so gerne tun wollte) - aber heute eben mal ohne den Hund (also mich).

Und was soll ich sagen? Noch ein langer, mitleiderregender Blick in die Runde - und ich werde zugedeckt, wie erwartet, ganz ohne extra Aufforderung. Den Sieg nach Punkten verbuche ich für mich. Meine Ruhe währt aber leider nicht lange - denn kurze Zeit später wird mir gemeinerweise die Decke wieder weggezogen und ich werde deutlich zum Aufstehen aufgefordert. Offenbar war das nur ein Sieg auf Zeit. Nun gut, dann tue ich dem Chef eben den Gefallen und begleite ihn. Eine wirkliche Alternative habe ich ja nicht: Manchmal ist es so gemein, wenn hund einfach so unter den Arm geklemmt werden kann. Da hilft mir meine innere Größe leider auch nicht weiter. Ach ja: natürlich regnet es auch vor der Tür – ich wusste es doch. Dann wird das jetzt halt ein anstrengender Spaziergang für den Chef. Er hat es ja nicht anders gewollt.

Über Muskelkater und Ruheoasen

Als Dackel weiß ich schon, warum ich im Umgang mit meinen Zweibeinern immer aufmerksam, aber auch sehr behutsam und subtil vorgehe.

Der Chef hat immer viel um die Ohren. Macht mir aber nichts aus - denn für mich hat er immer Zeit (und wenn er die mal eigentlich nicht hat, dann nimmt er sie sich). Hab ich auch verdient, schließlich unterstütze ich ihn als inoffizielle Nummer Eins ja überall tatkräftig, z.B. bei der Kindererziehung. Gerne würde ich auch noch mehr tun - meine tägliche Futter- und Leckerchenration könnte ich mir bei freiem Zugang zu der Quelle auch gerne ganz alleine zuteilen - aber bei solchen Innovationen beiße ich bisher noch auf Granit.

Der Chef und mein Rudel lieben mich, das weiß ich und merke es jeden Tag. Und ich mag sie auch sehr. Deshalb versuche ich ja auch, möglichst alle unangenehmen Dinge von ihnen fern zu halten: ob es nun andere, potentiell gefährliche Hunde, herumliegende, einsame und offenbar heimatlose Socken oder aber eben meine eigenen Zipperlein sind.

Ein Indianer kennt keinen Schmerz - und ein Dackel erst recht nicht.

Warum sollte ich den Chef mit meinem bisschen Unwohlsein belästigen? Ich komme schon selbst klar. Also erfülle ich täglich aufopfernd meine mir selbst gestellten Aufgaben im Rudel. Und, ehrlich gesagt, manchmal vergesse ich auch einfach, dass es mir eigentlich gerade nicht so gut geht - denn wenn der Ball fliegt, der Wobbler gefüllt wird oder die Zeit für meine große Runde gekommen ist - dann denke ich einfach nicht darüber nach, ob es nicht vielleicht gerade besser wäre, lieber ruhig und ausgestreckt weiter in der Sonne zu liegen. Manchmal bereue ich es später - denn dann tut es plötzlich doch etwas mehr weh als eigentlich (selbst für einen Dackel!) erträglich ist. Dennoch mache ich natürlich zunächst weiter wie gehabt - denn der Chef darf ja nicht merken, dass ich meine Aufgaben zur Zeit zumindest nur sehr eingeschränkt erfüllen kann.

Ich bin ein Hund, ein Dackel, ich bin stark, innerlich riesig und potentiell unbesiegbar.

Erst, wenn es wirklich gar nicht mehr geht, dann erlaube ich mir, kleinste, zarte Zeichen von Unwohlsein zu zeigen. Wobei ich natürlich immer noch versuche, diese mit akuter Unlust zu überspielen: „Wir könnten heute auch einfach nur einen kurzen Spaziergang machen - und ich bin heute gnädig und gehe ganz langsam. Siehst du, musst du heute gar nicht hinter mir her hetzen. Toll, oder?"

Ich kann mittlerweile sehr gut im Chef lesen - er aber leider auch in mir. Er merkt offenbar doch, wenn etwas mit mir nicht stimmt und wird dann übertrieben unausgeglichen und sehr unruhig, finde ich. Und entsprechend ungemütlich. Ich bekomme dann die an sich sehr köstlichen und überaus seltenen Salami-Scheiben, in denen der Chef allerdings gerne fies schmeckende Dinge versteckt und offenbar immer noch glaubt, dass ich es nicht merke. *Selbstverständlich* merke ich es - und nehme mir immer wieder fest vor, beim nächsten Mal einfach angewidert den Kopf wegzudrehen. Leider fällt mir dieser Vorsatz immer erst ein, *nachdem* ich in plötzlicher, dackeliger Gier nach dem begehrten Stück Wurst schon alles herunter geschluckt habe. Aber nächstes Mal denke ich dran - ich nehme es mir fest vor.

Nun, zur Zeit stimmt aber tatsächlich irgend etwas nicht mit mir. Also, mit mir selbst ist eigentlich alles in Ordnung - aber mein Körper will nicht so, wie ich will. Dieses Gefühl kenne ich seit ein paar Jahren, seit ich plötzlich meine hintere Hälfte nicht mehr spürte. Sie ist aber da; ich vergewissere mich manchmal, indem ich einfach nachschaue. Nun merke ich *dort* plötzlich wieder etwas - fast überall. Beängstigend und schmerzhaft, nach so langer Zeit, finde ich - ich hatte mich doch gerade an das *Ungefühl* gewöhnt. Der Chef wohl auch, denn er muss häufig weinen, wenn er über meine Hinterbeine streichelt und diese plötzlich zucken, weil er mich mit seinen sachten Berührungen dort kitzelt. Vor ein paar Monaten wurden mir noch Nadeln in eben diese Hinterbeine gestochen - ich hab es nicht selbst gemerkt, aber der Chef hat es mir erzählt. Gefühle sind nicht immer nur schön. Wenn ich mich viel ohne meinen Rolli bewegt habe, schmerzen meine Muskeln in den Hinterbeinen. Nicht angenehm, aber erträglich und kein Grund, die Zweibeiner darüber informieren. Manchmal allerdings schmerzt mich auch mein Rücken - in dem Bereich, in dem ich auch „offiziell" noch etwas spüre. Das ist dann schon schwieriger, denn das ist wirklich kein gutes Gefühl.

Im Moment tut mir irgendwie alles weh - wo genau, ist mir ziemlich egal. Trotzdem werde ich das vor dem Chef noch ein wenig geheim halten. Denn er ist ein Zweibeiner: er darf leider offenbar alles essen, aber trotzdem nicht alles wissen. Wie ich den Chef kenne, wird er vermutlich keine

Ruhe geben, bis er weiß, ob ich wegen des plötzlich warmen Wetters wirklich einfach nur keine Lust zum Spazieren gehen habe oder ob da *„noch was"* ist. Wir werden sehen, ob ich auch diesmal wieder überzeugend sein werde. Ich wette auf mich - mit, zugegebenermaßen, auch ein paar kleinen unbedeutenden Chancen für den Chef. Wenn er in seiner Hundeerziehung ebenso hartnäckig wäre, wie in seinen Bemühungen, einen Dackel zu durchschauen: ich hätte ein wesentlich anstrengenderes Leben hier in meinem Rudel. Diesmal hat der Chef mich aber leider durchschaut: keine Unlust, sondern *aua*. Statt mir einfach zu helfen und die lästigen und unangenehmen Gefühle wegzuzaubern, hat er mich ins Auto gesetzt und hat uns zu dem Mann gebeamt, in dessen Haus es immer nach so vielen unsichtbaren Tieren riecht. Dieser Kerl drückt oft genau dort, wo es mir eh schon weh tut. Solchen unfairen Methoden bin ich dann hilflos ausgeliefert - leugnen funktioniert bei diesem Menschen nur zum Teil, habe ich gelernt. Einige unangenehme Piekser und den verhassten Fahrten in der Blechbüchse später kann ich nun aber ehrlich sagen: mir tut nichts (mehr) weh. Sag ich doch immer: was von alleine kommt, geht auch von alleine wieder. Der Chef hätte sich diese Ausflüge also auch sparen können... Immerhin ist das

Rudel nun wieder deutlich entspannter. Mir tut nichts mehr weh, dann kann es ja weiter gehen! Morgen. Denn das waren aufregende Tage - nun muss ich erst mal schlafen. *Schlafen.* Was für ein wunderschönes Wort mit einem beruhigenden und betörenden Klang, finde ich. Fast so schön wie *kuscheln.* Ausreichender Schlaf ist wichtig - auch (und gerade!) für mich als Hund. Immerhin verschlafen wir Vierbeiner doch ziemlich viel vom Tag, habe ich gehört. Zahlt sich immer wieder aus, wenn man den Zweibeinern auch bei Gesprächen, die einen nicht direkt betreffen, gut zuhört. Wenn der Chef sich mit mir unterhält, vergleiche ich ihn gerne mit einem Gewitter: viele, viele Worte fallen ungebremst und ungefiltert aus seinem Mund, manchmal blitzen bekannte Worte auf - und sind schnell wieder verschwunden. Manchmal donnern die menschlichen Lautäußerungen nur so aus der Öffnung im Gesicht hinaus - und verpuffen dann im Nichts. Menschen sprechen viel zu viel - und vor Allem sehr unproduktiv. Mir würden ein, zwei Schlüsselwörter völlig ausreichen. Unterhält sich der Chef dagegen mit anderen Zweibeinern, lohnt es sich immer, mit einem Ohr dem Gespräch zu folgen. Dann fallen nämlich oft einzelne, wichtige Informationen - die, warum auch immer, zwar nicht für mich bestimmt sind, mich aber betreffen.

Sicherheitshalber bin ich also auch im Schlaf immer ein bisschen beim Chef. Wir Hunde können schließlich überall und immer schlafen - und manchmal sagt selbst der gesprächige Chef auch mal nichts.

Der richtige Platz für ein ausgedehntes Schläfchen ist daher so wichtig! Der beste Entspannungsort ist meiner gewichtigen Dackelmeinung nach das Bett des Chefs. Ich weiß natürlich um meine Verantwortung dem Rudel gegenüber - und wenn (zumindest ein Teil des Rudels) ganz nah bei mir ist, kann ich mich auch mal dem selten gegönnten Tiefschlaf hingeben. *Kuscheln* gehört aber auch definitiv mit zu meinen Lieblingsaufgaben im Rudel und ist nicht unterzubewerten. Nun, ins Bett des Chefs darf ich nicht mehr, seit ich nach meinem Bandscheibenvorfall nicht mehr *ganz dicht* bin und manchmal Urin verliere. Ich komme mit meiner Inkontinenz gut klar - aber der Chef mault immer, wenn es streng riecht. Auf dem Boden kann er es weg wischen - aber im Menschen-Bett...? Leider komme ich ja dort auch nicht mehr aus eigener Kraft hinein - für mich sehr ärgerlich. Früher, ja, früher habe ich mir meine Schlafplätze natürlich selbst erwählt. Je nach momentaner Laune: das Bett des Chefs, das unterste Fach eines Regals (das gerade von der Sonne erwärmt wurde), *mein* Sofa oder andere, wunderbare Plätze. Manchmal sogar eines meiner Körbchen. Lange Zeit gab es in meinem neuen Revier bei meinem Rudel rund um den Chef relativ wenig echte Hundekörbe: *einen*, um genau zu sein. Manchmal zog ich mich sogar dorthin zurück. Dieser Korb bestand aus Bast - wunderbar. Wenn ich mich über irgendetwas erregen musste, konnte ich erlösend auf dem Rand herumkauen. Schlussendlich war es eigentlich kein Korb mehr, sondern eigentlich nur noch eine Unterlage mit vielen Decken - der geneigte Leser erkennt, dass ich mich recht oft aufregen musste. Der Chef entsorgte diesen meinen „Korb" beim Umzug - störte mich nicht weiter. Ich hatte ja andere, mir wesentlich genehmere Rückzugsmöglichkeiten - und zum Ankauen finde ich immer etwas. Von einer Freundin des Chefs bekamen wir dann ein Körbchen geschenkt. Ich erfuhr erst später, dass es einst der Kuschelort einer Katze war. Ich selbst hatte es nicht bemerkt - es roch so dermaßen nach *nichts*, dass ich mir große Mühe geben musste, dem Ding einen angenehmen Geruch zu verpassen. Immer, wenn ich gerade so weit war, dass es gut nach Hund roch, steckte der Chef das Ding in die Waschmaschine (er murmelte dann was von „müffeln") - und meine Arbeit begann von vorne. Anstrengend. Ich zog mich zwar darauf zurück, aber nur, weil das runde Ding zufällig im Wohnzimmer stand und weil genug meiner nach Dackel duftenden Decken darauf lagen - und natürlich, wenn ich beim Chef sein wollte. Über dumme Sprüche zum Thema: „Die meisten Katzen sind ja größer als dieser Dackel" höre ich übrigens genauso großzügig hinweg wie über Dackel-Größenvergleiche mit Kaninchen. Ich bin allem deutlich überlegen - das weiß ich. Wahre Größe lässt sich schließlich nicht in Zentimetern messen.

Ich schweife schon wieder ab. Nach der Bandscheiben-OP und meiner Hinterteil-Lähmung musste sich der Chef etwas einfallen lassen. Ein (für den Chef) pflegeleichtes Plastikding hielt Einzug und wurde mir als „dein toller, eigener Rückzugsort" verkauft. Nun ja. Es lag ein waschbares Kissen darin (wie ich jetzt erfahren habe: auch dieses Ding war ursprünglich für Katzen konzipiert!) und natürlich viele, viele Decken. Was soll ich sagen: in der Not frisst der Teufel Fliegen. Ich hatte ja nichts anderes. Ein wenig unheimlich fand ich schon, dass das Ding jedes Mal leicht kippte, wenn ich aus eigener Kraft hineinrobben wollte - aber umgefallen ist es nie. Ich rollte mich dort drin immer zusammen wie ein Bagel. Dass ich anschließend Schmerzen im Rücken hatte, konnte der Chef ja nicht wissen - so etwas sage ich ihm ja nicht, wie schon gesagt: er darf zwar alles essen, aber nicht alles wissen. Aber der Chef ist ja gut und recht einfach zu erziehen - ein leiser Beller genügt. Ich werde fast immer hinein gehoben und selbstverständlich dann auch angenehm zugedeckt. Das ist ja wohl auch das Mindeste, finde ich - und der Chef stimmt dem offenbar zu, denn er gehorcht wie so oft aufs Dackelwort. Schnell rolle ich mich dann ganz klein ein. Warum der Chef das nicht gut findet, weiß ich nicht - aber ist mir ja auch egal: es ist weich und ich werde zugedeckt. Prima. Offenbar machte er sich aber - wie so oft - so seine Gedanken, denn plötzlich stand ein Riesenkarton in unserem Wohnzimmer. Ich musste für in Menschenaugen vermutlich lustige Fotos posieren - kenne ich ja, der Chef hat manchmal solche Anwandlungen. Ich fands doof und habe mir alle Mühe gegeben, ihm das auch zu zeigen. Und hatte, wie immer, Erfolg - die Fotosession war sehr schnell beendet. Der Karton (den ich übrigens anschließend noch nicht mal dackel-angemessen zerstören durfte), spuckte schließlich mal wieder ein neues Körbchen aus. Ich war, aus Erfahrung, sicherheitshalber mehr als skeptisch. Aber die mir in die Wiege gelegte Dackel-Neugier siegte dann doch. Nachdem ich das erste Mal, in einem, wie ich dachte, unbeobachteten Moment hineingekrabbelt war (selbst für mich: ohne nennenswerten

Einsatz der Hinterbeine völlig problemlos), war ich angenehm überrascht. Würde ich vor dem Rudel natürlich nie zugeben - aber das Ding kippelt nicht, ist angenehm breit, hat einen netten, nicht zu weichen und nicht zu harten Rand, auf dem ich meinen Kopf betten kann - und ich liege doch sehr bequem. Dummerweise schlief ich beim ersten Test direkt ein - und vergaß doch glatt, dem Rudel zu befehlen, mich zuzudecken. Ich hoffe, dieser Fauxpas wirft mich in der Zweibeiner-Erziehung nicht zu weit zurück. Konsequenz ist schließlich so wichtig! Dieser Korb (der Chef nennt es hochtrabend „Bett") wanderte im Laufe des Tages ins Schlafzimmer. Ich sollte also meine Nacht dort verbringen. Ich hatte es geahnt - wieder mal so eine Idee des Chefs. Wegen des netten, sehr entspannenden Mittagsschläfchens war ich aber gar nicht so auf Krawall gebürstet und beschloss spontan, dem Chef und diesem *Bett* eine Chance zu geben. In der Nacht streckte ich mich, kuschelte mich an das kleine Kissen - das der Chef zwar nicht bestellt hatte, aber trotzdem mitgeliefert wurde - und beschloss spontan, dieses auch zunächst nicht anzuknabbern. Ich erwachte am nächsten Morgen überraschend entspannt. Ich war so guter Dinge, dass ich zum Futternapf lief (na ja, so gut es eben für einen gehandicapten Dackel geht - aber offenbar doch so viel besser als sonst, so dass es der Chef natürlich sofort bemerkte). Besonders toll finde ich, dass dieses Bett nicht knistert oder sonst irgendwelche Geräusche macht, wenn ich mich, mangels bereit stehendem Personal, selbst umbettete. Gut, zudecken muss mich der Chef natürlich immer noch - ich kann und möchte mich ja nicht um alles kümmern. Aber ich glaube, er tut es gerne, wenn ich ausgestreckt darin liege, den Kopf nur leicht anhebe und ihn mit einem sehr leisen Bellen (ist ja schließlich mitten in der Nacht...) freundlich, aber dackel-nachdrücklich dazu auffordere, die Decken wieder um mich zu richten. Nun schlafe ich schon seit länger in diesem (meinem!) Bett - und ich mag es sehr. Ich schlafe ruhiger und erwache erfrischt. Ich finde es so toll, dass ich mich sogar tagsüber manchmal ins Schlafzimmer verziehe, obwohl das Rudel im Wohnzimmer ist. Vielleicht bekomme ich ja sogar noch so ein tolles Bett ins Wohnzimmer? Ob sie es verstehen? Ich arbeite daran. Gut, dackeltypischen Geruch in dieses Bett zu bekommen, wird schwierig - das funktioniert nicht so einfach, das Ding nimmt einfach keinen Geruch an - und glaubt mir, ich habe einiges versucht. Aber für den entsprechenden Duft habe ich ja zum Glück noch meine Decken. Ich bin recht froh, dass ich einen Chef habe, der sich so um mich kümmert - manchmal hat er doch wirklich ganz gute Ideen. Auf mein Sofa verzichte ich natürlich trotzdem nicht. Ein Schläfchen am Abend mit hoch- und herunterheb-Service ist ja auch nicht zu verachten. Wenn der Chef wegen Platzmangel auf meiner Couch mault, darf er gerne mal mein neues Körbchen testen - da bin ich doch großzügig. Der Chef freut sich sehr, dass ich nach so langer Zeit wieder etwas in meinem Hinterteil spüre. Wenn ich morgens so entspannt aufwache, wie zur Zeit, fällt es mir besonders leicht, mich auf meine hinteren Beine zu stellen. Manchmal braucht es gar nicht viel, um dem Chef die Tränen in die Augen zu treiben - mag ich an sich nicht: ich muss ihn ja dann wieder trösten. Aber ich glaube, er ist glücklich, selbst wenn ihm salziges Wasser aus den Augen läuft. Ich schlafe ja *nur* - aber sehr entspannt. Und alle hier freut es. Ich sag ja immer: Schlaf ist so wichtig - für alle. Manchmal denke ich mir, dass der Chef nicht nur zweibeinige Kinder hat - ich als „der Dackel" bin irgendwie auch sein Kind. Und er weiß es. Natürlich bin ich sehr selbstständig, entscheide nach eigenem Ermessen und handele ebenso - nehme aber das chef´sche Kümmern, die regelmäßige Futterversorgung und die Möglichkeit zur Abwälzung aller ungeliebten Dinge sehr gerne an. Wie ein Kind.

Bei – im Ergebnis für mich – positiven Dingen, kann die normalerweise bewusste und gelebte Überlegenheit des Krummbeins gerne mal kurzfristig einen Schritt zurück treten. Zumindest in der Außenwirkung. Denn innerlich weiß ich als Hund natürlich sehr genau, wer der wahre Chef im Rudel ist - und das vergesse ich niemals.

Über hörbares Glück und besondere Tage

Sonntag morgen, halb sechs, ein ganz normaler Sonntag. Ganz normal? Nein, heute ist ein so genannter *Muttertag.* Menschen haben doch komische Feiertage. „Mutter" ist der Chef doch jeden Tag - und wird es immer bleiben. Mir selbst blieb diese Erfahrung ja verwehrt - aber wenn ich den Stress sehe, den der Chef manchmal mit dem Nachwuchs hat, bin ich da auch nicht so böse drum. Schließlich habe ich ja an seinen Erziehungsversuchen jeden Tag teil und versuche, ihn in seiner immer noch irgendwie stümperhaft anmutenden Erziehungsarbeit zu unterstützen. Wo er ohne mich heute stünde? Ich bin mir nicht sicher, aber dank meiner Hilfe ist der Nachwuchs aufs Leben ganz gut vorbereitet, finde ich.

Der Chef hat in den letzten Tagen dauernd auf diesen geheimnisvollen Tag hingewiesen - warum auch immer. Ich bin gespannt, was heute Spannendes passiert, denn offenbar ist es ein besonderer Tag (zumindest für den Chef). Die Kinder schlafen noch. Die Mutter (der Chef) auch. Der Dackel nicht. Denn dessen Decke liegt nicht mehr wie gewünscht.

Also muss ich wieder einmal, zunächst leise, meinen Unmut über diese Tatsache äußern. Wenn das nicht umgehend den erwünschten Erfolg bringt, stehe ich nachts seit Neuestem nicht mehr auf und kratze an des Chefs Bett, sondern klopfe statt dessen mit meinen Pfötchen sacht, aber nachdrücklich, auf den Rand meines Körbchens. Spart mir Kraft und Energie – und hat den gleichen Effekt: denn durch das dezente, aber sich durch die Penetranz der gleichmäßigen Wiederholung in das schläfrige Bewusstsein des Chefs fressende Geräusch reagiert dieser meist wie gewünscht, erwacht und bettet den armen, kleinen Hund selbstverständlich wieder standesgemäß. Womit wieder mal bewiesen wäre: unterschwellig ist für uns Vierbeiner wesentlich effektiver und kräfteschonender als „mit dem Kopf durch die Wand".

In dem Bewusstsein, dass heute Sonntag *und* zusätzlich noch dieser geheimnisvolle Muttertag ist, beugt sich der Chef an diesem Morgen aber nur herüber, zieht mir die Decke wieder über den kleinen Körper und kuschelt sich, offenbar zufrieden mit seiner Leistung, sogar schlaftrunken dem Dackelwillen getrotzt zu haben, wieder in seine eigenen Decken. Nur noch ein paar Minuten weiterschlafen... Tja, er hat die Rechnung natürlich ohne meinen durchaus berechtigten Dackeldickschädel gemacht. Ich krabbele also, nach einem kurzen Moment der Fassungslosigkeit, polternd und hörbar entrüstet über die nicht ausreichende Aufmerksamkeit, aus meinem Korb, begebe mich zu meinem Zweitschlafplatz im Wohnzimmer (Opfer müssen eben manchmal sein) und belle laut und vernehmlich. Sicherheitshalber gleich mehrfach. Da der Chef natürlich nicht sicher weiß, was los ist (er ahnt es sicher – aber das gilt und beruhigt nicht), er seinem auch beim Hund funktionierenden Mutterinstinkt folgend mit einem Ohr eh bei mir und selbstverständlich auch noch nicht wieder eingeschlafen ist, pellt er sich also, leise, aber auch im Wohnzimmer hörbar seufzend, aus seinem eigenen, bestimmt warmen Bett und kommt endlich meinem auffordernden und bestimmt motivierenden Bellen nach. Und was findet er vor? Der arme Hund (also ich!) sitzt mit hängenden Ohren und einem tieftraurigen Blick vor seinem Körbchen; die Decke, die eigentlich zum wärmenden Verhüllen des Hundekörpers gedacht ist, liegt aufgeräumt *im* Korb. Okay, da muss er resignierend zustimmen: *das* geht natürlich so nicht. Er hebt also die Decke leicht an. Ich krabbele, selbstverständlich erfreut über diese trotz Halbschlafs schnelle Auffassungsgabe, sofort darunter, rolle mich ein und bin natürlich innerhalb von Sekundenbruchteilen wieder (fast) eingeschlafen. Den kurzen Blick, den ich dem Chef noch zuwerfe, bevor ich endgültig in meine Deckenhöhle abtauche, ignoriert der Chef vermutlich einfach - aber den Hauch von Triumph hat er sicher, trotz Müdigkeit, wahrgenommen. Zwar immer noch müde, aber nun zu wach, um wieder in sein Bett zurück zu kehren, sitzt der Chef nun also an diesem Sonntag Morgen um kurz vor sechs am Küchentisch, nippt an einem Kaffee und lauscht den sorglosen, entspannten Atemgeräuschen der zwei- (und vierbeinigen) Kinder. Ich lausche entspannt mit.

Manchmal kann man Glück hören.

Also *das* ist Muttertag? Dann scheint es ein sehr schöner Tag zu sein - aber der ist doch gar nicht so selten - *kümmern* macht der Chef schließlich jeden Tag. Menschen sind manchmal echt seltsam.

Nur ein paar Stunden später erwacht der zweibeinige Nachwuchs und verfällt in eine hektische Betriebsamkeit. Okay - offenbar wird es also doch kein ruhiger Tag? Ich verfolge das alles gut geschützt unter meinem Deckenberg, bin aber selbstverständlich bereit, jederzeit einzugreifen, falls die Unterstützung eines Dackels erforderlich sein sollte.

Die Kühlschranktür wird mehrfach geöffnet – sobald ich das Knistern des Wurstpapiers höre, entscheide ich mich dann doch zum Aufstehen. Irgendjemand muss die jungen Hüpfer schließlich im Auge behalten – was, wenn die Wurst herunterfällt? Und den Boden verdreckt? Dann ist selbstverständlich die schnelle Eingreiftruppe in Form des Dackels gefragt, um den Boden umgehend von den verunreinigenden Lebensmitteln zu befreien und die betroffene Fläche ausgiebig sauber zu schlecken. Der Chef hat sich, sobald die Kinder auf der Bildfläche erschienen, demonstrativ und aus für mich völlig unverständlichen Gründen in seine Gefilde zurück gezogen. Kein Wunder, dass er es mit der Erziehung des Nachwuchses so schwer hat, wenn er sich in den relevanten Momenten heraushält. Zum Glück hat er ja mich. Ich beaufsichtige aufmerksam das Decken des Tischs und nehme sehr wohl zur Kenntnis, dass zur Feier des Tages etwas aus dem so unerreichbaren Kühlschrank geholt wird, was doch sehr stark nach köstlichem Fisch duftet. Oh, ich liebe Fisch auch sehr. Sicherheitshalber bringe ich mich durch dezentes *vor die menschlichen Füße* stellen nachdrücklich in Erinnerung. Nicht, dass ich im Rahmen dieser ganzen ungewohnten morgendlichen Aktivität noch vergessen oder übersehen werde. Leider passen die menschlichen Kinder auf und treten mit großen Schritten über mich hinweg. Unglaublich – sonst passieren gerade ihnen gerade im morgendlichen Halbschlaf die meisten „Huch, ist runtergefallen"-Unglücke. Und heute: nichts. Mir bleibt nichts weiter übrig, als mich an meine bevorzugten Stellen unter den Küchentisch zu setzten und auf die üblichen herabschneienden Brösel zu warten. So langsam dämmert es mir: Muttertag ist offenbar nicht *mein* Feiertag. Sondern ein ganz normaler Sonntag mit einem gemeinsamen, ausgiebigen Frühstück des Rudels. Gemein. Bevor sich aber das vorhin erlebte Glücksgefühl vollends verabschiedet, steht der Chef auf, wirft mir einen vielsagenden, durchaus interpretationswürdigen Blick zu, murmelt ein leises „danke für deine Unterstützung" und legt mir ein Stückchen Lachs in meine Futterschüssel. Dabei war ich doch gerade erfolgreich dabei, in triefendem Selbstmitleid zu versinken! Bei Fisch vergesse ich allerdings meine moralischen Bedenken und fresse erst ganz schnell – nach dem Sinn und den erzieherischen Folgen fragen kann ich später schließlich auch noch. Quintessenz: Ich finde Muttertage toll – von mir aus können die viel häufiger im Jahr sein, denke ich mir, während ich den Chef beobachte, der nun den Frühstückstisch alleine abräumt, da die Nachwuchschefs nach dieser unglaublich langen, 30-minütigen Familienzeit andere, wichtige Dinge zu tun haben (schließlich ist das neueste Video des Lieblings-Youtubers bereits vor 25 Minuten veröffentlicht worden - höchste Zeit, ihm den Tribut durch einen erhobenen Daumen zu zollen). Das verstehen der Chef und ich natürlich. Ich sehe aber an dem leicht diabolischen Grinsen des offiziellen Rudeloberhauptes, dass er den Joker dieses Feiertagsstatus' heute noch diverse Male ziehen wird. Ich glaube, ich bleibe heute mal noch dichter bei ihm als sonst - das kann noch spannend (und auch für Dackel ertragreich) werden.

Es gibt noch mehr seltsame Tage im Kalender der Zweibeiner. Manchmal ist hier mitten in der Nacht (also ganz, ganz früh morgens, noch vor dem Aufstehen) wirklich große Aufregung. Meist hopst dann einer der Nachwuchschefs vor einer kleinen Kommode freudig und erwartungsvoll auf und ab. Kerzen werden angezündet und direkt wieder ausgepustet - ich finde es in meiner Weisheit ja absolut unsinnig, aber die Zweibeiner halten es offenbar für wichtig und nötig. Alle umarmen sich - nur ich werde in dieser allgemeinen Euphorie natürlich mal wieder völlig vergessen. Aber durch gezieltes zwischen die Beine robben und lautstarkes Bellen bringe ich mich schnell nicht nur in Erinnerung, sondern selbstverständlich auch in den mir als Dackel rechtmäßig zustehenden Mittelpunkt. Und werde dafür sogar belohnt: auf der Kommode liegen nämlich Berge von Geschenkpapier. Ich muss nur warten, bis die darin befindlichen Dinge von ihrer Verkleidung durch das immer noch hopsende und aufgeregte Kind befreit werden. Und dann fliegt endlich ein großes Papierknäuel vor meine Nase. Nun gut, spätestens dann kann ich die Euphorie des Junior-Chefs verstehen. Ich stürze mich begeistert auf den Papierklumpen und gebe mein Bestes, um ihn in kürzester Zeit in feinste, klitzekleine Teile zu zerreißen. Wunderbar. Und sehr zuvorkommend von meinem Rudel, denn endlich ist es mir mal erlaubt, etwas so richtig zu zerstören. Vielleicht sollten die Zweibeiner das auch mal ausprobieren - Spannungen und eventuell vorhandene Aggressionen (Was ist das für ein Lärm um diese Uhrzeit? Wieso werde ich mitten in der Nacht geweckt? Wieso muss ich immer raus gehen, nur weil der Chef zu den unmöglichsten Zeiten offenbar mal wieder ein dringendes Bedürfnis nach kalter, dunkler und oft auch noch nasser Luft hat?) werden erfolgreich abgebaut - und Spaß macht es auch noch. Bisher konnte ich keinen meiner Dosenöffner für dieses tolle Spiel begeistern, ist aber nicht so schlimm - dann bleibt mehr Papier für mich. Schließlich habe ich meinem Gewissen Genüge getan und (ganz leise) gefragt, ob vielleicht jemand mitspielen möchte. Nicht? Na gut.

Es gibt aber auch Tage, die sind sogar noch besser. Ich bekomme einen ganzen Teller voll leckerer Dinge - die dann aber nicht auf einem Haufen liegen, sondern versucht kunstvoll nach irgendeinem, immer wechselnden, geheimen Code angeordnet sind. Ich darf sie auch nie direkt fressen, sondern muss erst davor sitzen bleiben und warten, bis der Chef mit diesem komischen Knipsding ein Foto von mir, dem in großer Vorfreude leicht sabbernden Dackel, gemacht hat. Nach dem Genuss der Köstlichkeiten darf ich wieder Papier zerstören - und zu meiner großen Überraschung ist dann sogar immer etwas Tolles im Inneren der Papierkugel zu finden. Manchmal ein neuer Ball, manchmal ein Kauknochen - auf jeden Fall war es bisher immer etwas Lohnenswertes. Leider gibt es diese ganz, ganz besonderen Tage nicht so häufig; ich bin mir nicht wirklich sicher, aber öfter als einmal im Jahr kommen sie wohl nicht vor. Schade eigentlich.

Über vierbeinige Krankenpfleger und kalte Menschenfüße

Mit dem Dackel durch die Jahreszeiten: Winterzeit in Deutschland – Erkältungszeit. Auch den Chef hat es nun erwischt. Eine offenbar fiese Erkältung mit Husten, Schnupfen und „zermatscht-Gefühl". Ganz kurz habe ich sogar überlegt, ob es vielleicht der gefürchtete Männer-Schnupfen sein könnte. Aber sobald die Erkenntnis in mein Hirn drang: Hallo, *er* ist doch ein Weibchen!, war ich beruhigt – er würde vermutlich überleben. Dennoch ging es ihm wirklich nicht gut – er war noch inkonsequenter, als er es eh schon immer ist und, *worst case*, er war nicht in der Lage, mit mir auf unsere Runden nach draußen zu gehen. Besorgniserregend, weil dackelwohlbetreffend.

Ich war und bin nun mal der unumstößlichen Meinung, dass Dackelpower zum „Gesundmachen" eines einfachen Menschen eigentlich ausreichen sollte. Und daher fordere ich den Chef natürlich nachdrücklich auf, nun endlich mal an die frische Luft zu gehen. Ich würde ihn selbstverständlich begleiten, natürlich nur, um selbstlos auf ihn aufzupassen. Der Chef mauert aber und fühlt sich offenbar überhaupt nicht in der Lage, die Wohnung zu verlassen und vertröstet mich erwartungsvollen Hund auf eines der Kinder. Aber da hat er die Rechnung ohne mich gemacht. Natürlich gebe ich keine Ruhe, bis er sich schließlich einigermaßen ausgehfein macht und mit mir eine kleine Runde (an der, wie ich es doch wusste, sehr frischen und guttuenden Luft) geht. Eine sehr, sehr kleine Runde. Normalerweise hätte ich ihn einen so kurzen Spaziergang mit einer unmittelbar folgenden, nahezu unerträglichen Dackel-Aktivität in der Wohnung büßen lassen. Diesmal nicht.

Ich tue also so, als sei der Dackel mit dem Erziehungserfolg zufrieden, und bin nach dem kurzen Lüften ohne weitere Diskussionen wieder bereit, auf den offenbar nicht voll einsatzbereiten Chef Rücksicht zu nehmen, fordere meinen Platz auf dem Schoß ein und unterstütze aktiv-passiv durch Kuscheln und Liebsein beim Kampf gegen die unsichtbaren, aber offenbar bösen Viren.

Eigentlich würde ich gerne in meiner Fürsorglichkeit noch einen Schritt weiter gehen und sämtliche Nahrung, die der Chef zu sich nehmen möchte, sicherheitshalber durch Vorkosten testen. Schließlich könnten diese gemeinen Viren ja auch darin enthalten sein. So genau habe ich dem Blabla des Chefs nicht zugehört, als er mir erklären wollte, warum es heute nur eingeschränktes Programm gibt. Allerdings spielt der Chef da nicht mit, verzichtet unverständlicherweise auf dieses doch so uneigennützige Angebot meinerseits und vertröstet mich gewohnt wortreich auf mein eigenes Futter. Hm. Ich werde den Verdacht nicht los, dass es sich hier nur um eine (menschlich unzureichende) Ausrede handelt...

Daher bin ich auch am nächsten Tag der durchaus berechtigten Meinung, der Chef solle sich bei *dieser meiner* Pflege nicht so anstellen - und was soll ich sagen: meiner Lebenslust kann selbst der offenbar leidende Chef sich nicht lange entziehen. Es geht ihm schon viel besser!

Ein Hund als Krankenpfleger und Motivator - wunderbar. So eine Motivation hilft nicht nur dem Chef bei einem kleinen, wenn auch unangenehmen Schnupfen. Es gibt mittlerweile einige Hunde, die z.B. in Alten- und Pflegeheimen unterwegs sein dürfen, habe ich gehört. Es sollten noch viel mehr werden - ich kann aus eigener Erfahrung nur bestätigen: die Überzeugungskraft durch die Kombination aus Unbeschwertheit, Optimismus und Einfühlungsvermögen eines Hundes ist unglaublich.

Aber das ist eine andere Geschichte. Hier geht es ja um mich!

Und zum Glück ist irgendwann Zeit für meinen täglichen, großen und immer wieder spannenden Hunde-Spaziergang. Und ich, der Hund, bin nach dem langen, ruhigen Kümmern nun wirklich sehr, sehr ausgeruht. Der Chef tut immer noch so, als ginge es ihm etwas besser, aber bei Weitem halt nicht gut – das ist doch bestimmt nur eine dumme Ausrede.

Allerdings bemerke ich diese Unpässlichkeit natürlich – und ich bin mir über die möglichen Konsequenzen durchaus im Klaren. Heute also nicht mit Chef, sondern wieder „nur" mit dem Nachwuchs-Personal auf die große Runde? Klar, wenn es unbedingt sein muss, ist das besser als nichts. Aber die wirklich wahren, tollen Runden drehe ich doch immer nur mit dem Chef. Ich erkenne also die erneut drohende Gefahr eines Spaziergangs mit den Juniors und biete mich, sicherheitshalber und natürlich völlig selbstlos, dem Chef als Wärmflasche an. Eine halbe Stunde früher oder später rausgehen – damit komme ich locker klar. Der Chef ist erwartungsgemäß sehr dankbar über meinen so selbstlosen Einsatz und setzt mich sogar in sein (eigentlich ja *mein*) Bett, wo ich sicherheitshalber sofort unter der Bettdecke verschwinde, mich um des Chefs Füße rolle und mich kurzzeitig auch nicht mehr bewege – ich kenne meine Menschen jetzt lange genug: die kommen immer auf irgendwelche kruden Ideen, wenn Hund etwas in der jeweiligen Situation Unerwartetes tut. Der Chef genießt die Wärme – und ich entspanne mich. Erst später dämmert ihm offenbar, dass ich ja durch den Bandscheibenvorfall inkontinent bin und es vielleicht keine so gute Idee ist, mich ohne Windel und Pinkelunterlage auf die ungeschützte Matratze zu lassen. Seinen bisherigen Erkenntnissen zum Trotz darf ich bleiben – von meinen persönlichen, unkommunizierten Fortschritten weiß er ja nichts. Ich glaube, es geht ihm wirklich nicht gut. Wir halten gemeinsam ein entspanntes Nickerchen. Das sind die schönsten Schläfchen: Seite an Seite mit meinem Chef. Wir geben uns gegenseitig den Halt, der uns in dieser Welt fehlt – wie wunderbar und geborgen fühlen wir uns dann. Beide (wenn auch mit unterschiedlichen Intentionen – das bemerke ich durchaus, es ist mir aber in diesem wonnigen Moment egal.

Und tatsächlich: der Chef hat warme (und trockene!) Füße, als wir erwachen. Nach einer Weile werde ich dann aber doch sehr unruhig – denn ich ahne: wenn ich nun nicht schnell handele, werde ich es vermutlich bereuen – und der Chef wird mir und meiner Blase nie wieder vertrauen. Also melde ich mich deutlich und nachdrücklich zu Wort - und tatsächlich: der Chef versteht und setzt mich schnell auf die für kleine Malheure vorgesehene Unterlage - und ich erleichtere mich entspannt. Der Chef denkt mit, auch wenn er angeblich *krank* ist und bewahrt sich und auch mich selbst vor einem feuchten und vor allem äußerst unangenehm riechenden Bett. Immer noch beseelt von seiner klugen Handlung will er sich nun, nach wie vor fiebergeplagt, entspannt wieder in seine weichen Kissen sinken lassen. Hallo? Er hat doch selbst gezeigt, dass Denken und Reaktionen wieder funktionieren, er also gar nicht so krank sein kann... Immer wieder muss ich ja feststellen, dass er (allerdings sehr stümperhaft) versucht, seinen wahren Zustand vor mir zu verschleiern. Da kann er von mir noch viel lernen - gäbe es einen Oskar für Hunde, ich wäre wohl Rekordpreisträger. Von den Besten lernen ist sicher anstrengend - aber immer gewinnbringend. Nun gut, der Chef ist halt kein Dackel - das halte ich ihm schon mal zugute. Heute nun gestehe ich ihm eine gewisse Regenerationszeit durchaus zu - und verknüpfe damit selbstverständlich die Erwartungshaltung, nach seinem kurzzeitigen Erfolg wieder meinen verdienten Status als „die Nummer eins" einzunehmen. Die perfekte Balance zwischen Geben und Nehmen ist schließlich eines meiner geheimen Erfolgsrezepte für ein erfülltes, glückliches und sorgenfreies Dackelleben.

Ich muss mich unbedingt vergewissern, dass der Chef sich nicht wieder vor unserem Spaziergang drückt - und ich doch mit den Nachwuchschefs raus muss. Spaziergänge mit unseren Kindern sind ja okay - besser, als gar nicht, haben aber natürlich eine andere Qualität und gelten im Grunde als nicht stattgefunden. Ich sehe die Touren draußen mit der jungen Brut eher als Bonbon, also „on Top". So richtig raus: das gilt nur, wenn der Chef mit mir geht.

Daher bin ich nun also der Meinung, nun erst mal genug an Krankenpflegediensten als Wärmflasche geleistet zu haben. Ich versuche es auf die sanfte Tour, setze mich sich vor das (mein!) Bett und forderte den, zugegebenermaßen immer noch offensichtlich schlappen Chef freundlich, aber durchaus nachdrücklich zum Aufstehen (und natürlich zum Spielen) auf. Das Leben ist schließlich kein Ponyhof. Seinem Gesichtsausdruck nach zu urteilen, ist der Chef sich seiner Schuld auch sehr bewusst: die morgendliche Hunde-Runde war schließlich sehr, sehr kurz ausgefallen (und daher kaum als eine solche zu betiteln). Gut, normalerweise ist der Chef um die Uhrzeit an „normalen" Tagen jetzt um diese Zeit gar nicht greifbar, weil arbeitsbedingt abwesend. „Jetzt" ist eigentlich meine heißgeliebte Ich- und Schlafenszeit. Egal, das gilt halt für *normale* Tage - wenn der Chef schon einmal da und eben definitiv nicht *normal* ist, können wir die glücklich gewonnene, gemeinsame Zeit doch auch dackelsinnvoll nutzen. Auf Anhieb fallen mir viele Dinge ein, mit denen man mich nun bespaßen und erheitern könnte. Die tiefen Seufzer des Chefs versuchen offenbar krampfhaft, mir deutlich zu sagen: „Grundsätzlich gerne - aber nicht an so einem Tag und vor Allem nicht mit mir...!" Hm. Wenn ich meinen Chef beschreiben müsste, fallen mir spontan viele passende Adjektive ein: konsequent, zielstrebig, durchsetzungsstark und bestimmend gehören aber, zumindest auf mich bezogen, sicher nicht dazu. Optimistisch und hartnäckig passen da schon eher: er versucht es, von seinen nicht immer wirklich realisierten Fehlschlägen offenbar unbeeindruckt, immer wieder, mir gestandenem Dackel die Stirn zu bieten. Zur Zeit ist er von diesen unsichtbaren kleinen Monstern, die er „Viren" nennt, aber offenbar wirklich stark geschwächt. Er gibt erstaunlich und überraschend schnell - und ohne nennenswerte Gegenwehr - nach: schleppt sich ins Wohnzimmer, füllt ein paar Mal abwechselnd meinen Lieblingsball und den *Wobbler* mit Leckerchen und genießt die dann jeweils folgenden entspannten paar Minuten ohne Hundemotivation auf *meinem* Sofa. Ich genieße auch – so viele Zusatzrationen ohne Gegenleistung! Dann meldet sich aber doch mein Gewissen: „Morgens ist eigentlich Ruhe und Schlafenszeit, damit für nachmittags ausreichend Energie zur Verfügung steht! Und der Chef ist offenbar nicht gut drauf: „Lasst mich durch, ich bin Dackel, ich kümmere mich." Mir kommt ins Gedächtnis, dass der Chef sich ja gerade auf *meinem* Sofa lümmelt. Ich denke, es ist nun an der Zeit, meinen mir zustehenden Platz einzufordern – mit dem Chef ist ja gerade eh nichts los. Natürlich kommt das Rudeloberhaupt geräuschvoll stöhnend, völlig übertrieben seufzend, aber erwartet zügig meiner nachdrücklichen, den Umständen entsprechend höflich als Bitte formulierten, Aufforderung nach. Sofort muss ich feststellen, dass die offensichtliche Kraftanstrengung, mich Zwergdackel auf mein Sofa zu heben, wohl nicht ganz uneigennützig in Angriff genommen wurde. Ich werde mal wieder gezielt neben eiskalten Menschen-Füßen platziert. Hallo? Wenn mir warm wäre, würde ich wohl kaum unter meine Kuscheldecke krabbeln wollen. Aber natürlich gebe ich in diesem Fall nach. Bis nachmittags muss der Chef schließlich wieder einsatzbereit sein, um mit mir die große weite Welt zu entdecken! Ich schlecke also einmal beruhigend über sein Bein und schmiege mich dann lindwurmartig um die kalten Füße. Ausnahmsweise bestehe ich mal nicht auf dem mir eigentlich zustehenden Platz. Ich hoffe, der Chef hat verstanden, dass es sich hier aber um eine absolute Ausnahme handelt.

Über Entfesselungskünstler und pieksende Männer

Unglaublich. Ich bin wirklich ein ganz armer Dackel. Ich weiß schon, warum ich immer penibel darauf achte, dass mein Personal von leichtem Unwohlsein meinerseits nichts mit bekommt. In der letzten Zeit ließ es sich leider nicht vermeiden, denn es ging mir doch zeitweise echt mies. Selbst für einen Dackel - und wir sind ja dafür bekannt, dass wir nicht wehleidig sind.

Der Chef kreierte neue, für mich nichtssagende Worte wie Hormonzirkus, Gebärmutteraufstand oder Hormondauerdurcheinander und beschloss - ohne mich zu fragen! - einen entscheidenden Eingriff in meine engste Privatsphäre. Ich wurde nicht gefragt, sondern einfach vor vollendete Tatsachen gestellt.

Aber es war wie immer: meine geringe Höhe (von Größe möchte ich an dieser Stelle wieder nicht sprechen) wurde mir wieder mal zum Verhängnis. Ich wurde einfach unter den Arm geklemmt und in die Brummkiste gesetzt. Statt aber an einem wunderbaren Ort anzukommen, beamte mich das ungeliebte Gefährt direkt zu diesem seltsamen Ort, an dem es immer nach anderen, meist unsichtbaren, Tieren riecht. Zum Glück war der Chef bei mir. Als Dackel von Welt denke ich ja immer mit und zeigte dem Chef sicherheitshalber die Tür, vor der die große Welt wartete - die aber dummerweise geschlossen war. Der Chef ist sonst recht intelligent - aber meinen doch sehr deutlichen Hinweis schien er diesmal nicht zu verstehen. Da ich mich weigerte, auch nur einen Schritt in dieser seltsamen Umgebung zu laufen, klemmte er mich kurzerhand wieder unfairerweise einfach unter den Arm und setzte mich auf diesen furchtbaren, rutschigen Tisch, auf dem mir immer alle Pfoten in entgegengesetzte Richtungen rutschen. Ob er das witzig findet, wenn es mir die Beine wegzieht? Zu einer Besserung meiner Stimmung trug diese Aktion jedenfalls nicht bei. Den Mann, der dann den Raum betrat, kannte ich. Eigentlich ist er ganz nett - aber er scheint wohl irgendein Problem mit mir zu haben. Statt mit mir zu spielen oder mich zu kraulen, scheint er Gefallen daran zu finden, mich zu ärgern: Fieberthermometer im meinem Allerwertesten finde ich persönlich ja schon mal völlig überflüssig, Lefzen hochziehen erscheint mir doch als ein eher seltsames Hobby und diese Nadeln, die pieksen, finde ich dann mal total blöd. Ob er wirklich weiß, was er da tut? Diesmal wurde ich dummerweise sehr schnell sehr, sehr müde – zum Glück lag mein Kopf in der Hand des Chefs. Da konnte mir doch eigentlich nichts passieren, da war ich mir ganz sicher.

Ich schlief wohl ein, denn als ich erwachte, lag ich an einem mir völlig unbekannten Ort auf einer Decke, die definitiv nicht *meine* Decke war. Zum Glück lag neben mir ein Klumpen Stoff, der ein T-Shirt zu sein schien, das ganz eindeutig dem Chef gehörte – den Geruch kannte ich! Und dann öffnete sich auch schon die Tür zu diesem Raum und der Chef war da. Aus irgendeinem Grund sah ich alles ein wenig verschwommen und war (im wahrsten Sinne des Wortes) hundemüde – aber die Hand des Chefs lag auf meinem Kopf und sogar der kleine Nachwuchs-Chef war da und streichelte meinen Rücken. Also war ich sicher.

Ich glaube, ich schlief dann geborgen wieder ein, denn das nächste, woran ich mich erinnere, war, wieder einmal, die dumme Brummkiste. Ich musste noch nicht mal selber laufen (oder rollen), sondern wurde getragen und vom Chef behutsam auf mein eigenes, geliebtes Sofa gebettet. Na gut, das können wir gerne so beibehalten. Ich glaube, ich schlief dann schon wieder ein, doch irgendwann nahm ich im Unterbewusstsein aus einem der bekannten Blabla-Schwälle des Chefs das magische Wort: „rausgehen?" wahr.

So müde kann ich gar nicht sein, als dass ich dieses Wort aus dem Mund des Chefs ignoriere! Als ich mich, wie immer, schnell zu meiner vollen Größe aufrichten wollte (nur kleine Hunde wie ich können verstehen, wie wichtig die partielle, visuelle Präsenz von Größe sein kann), ziepte es plötzlich an meinem Bauch. Überrascht fiepte ich. War mir sehr peinlich, denn so ein „niedliches" Geräusch ist in so einer Situation echt äußerst kontraproduktiv. Überrascht nahm ich die Reaktion meines Rudels wahr: alles sprang, streichelte mich, holte den Buggy, polsterte ihn mit Decken aus, buddelte mich aus meinen Kuscheldecken und setzte mich vorsichtig auf die überraschend weiche Fläche meines „Der-Dackel-kann-nicht-mehr-laufen-Gefährts".

So so. Das merke ich mir. Bisher saß ich in diesem mir an sich zustehenden Gefährt immer nur auf Pinkelunterlagen und einer alten Decke. War an sich auch okay – aber das hier war auch nicht schlecht: da bestehe ich in Zukunft drauf. Ich wurde also zu meiner Pinkelwiese gefahren – fand ich zwar ein wenig dekadent, aber durchaus machbar. Dort angekommen, wurde ich sanft aus meiner Kutsche gehoben und in das weiche Gras gesetzt. Schnüffeln und Zeitung lesen – prima! Ein bisschen blöd war, dass ich dazu eigentlich gar keine Lust hatte... Meine Blase hatte der Mann, den der Chef „Tierarzt" nennt, wohl ohne mein Wissen und vor Allem ohne meine Zustimmung komplett entleert, während ich mich nicht wehren konnte. Und selbstverständlich hatte ich mich seither auch geweigert, meinem Körper auch nur einen Tropfen Wasser wieder zuzuführen. Ich entscheide schließlich immer selbst, wann ich was trinke – und das ist ganz sicher nicht der Zeitpunkt, an dem mir vom Personal eine Schale mit Wasser vor die Nase gehalten wird. Ich verderbe mir doch nicht in einem vermeintlich schwachen und unbedachten Moment meine jahrelange, mühevolle Menschenerziehung. Menschen, ja, die würden so etwas tun. Aber ich bin ein Dackel. Ich gönne mir keine Schwäche – auch wenn ich eigentlich echt Durst gehabt hätte. Zum Zeichen der Vergebung und weil ich wusste, dass es dem Chef dann besser ging, habe ich seine mit Wasser benetzten Finger abgeschleckt – und vielleicht aus Versehen dann auch ein paar Schlucke aus der Wasserschüssel genommen. Aber *richtig* trinken, nur weil der Chef meint, ich bräuchte das? Nein, natürlich niemals!

Ich durfte dann auf der Wiese ein wenig herumrobben, um meinen Kreislauf ein wenig anzuregen – aber auch, wenn ich das ja sonst echt gerne tue – in diesem Moment war mir aber echt nicht danach. Nach ein paar Schritten (ich hing wie ein Schluck Wasser in der Kurve im Geschirr...) bestand ich auf die Rückkehr in meinen nun sehr bequem gepolsterten Buggy. Und der Chef spurte erstaunlich schnell – ich muss mir dringend noch Gedanken machen, warum er da so schnell reagiert hat – wo er doch sonst oft so begriffsstutzig ist. Im Buggy durch die Gegend gefahren zu werden und von dieser (in Dackeldimensionen) erhabenen Position andere Vierbeiner in ihre Schranken zu weisen, hat, nebenbei gesagt, auch etwas. Das merke ich mir für später.

Abends wurde es dann noch einmal echt peinlich. Der Chef kam mit einer Windel und einem Body an: „damit du heute Nacht nicht am Pflaster schleckst".

Phh. Ein Body. Mit Blümchen. Never ever. Weil der Chef aber offensichtlich so große Freude daran hatte, ließ ich mir das Ding also ohne nenneswerte Gegenwehr überstreifen und mich in mein Körbchen tragen. Selbstverständlich habe ich es mir im Laufe der Nacht (sobald der Chef ruhig atmete und mir damit verdeutlichte, dass er tief schlief), in Sekundenschnelle abgestreift. Ich liebe diesen verwirrten Blick am Morgen, wenn der Chef sich fragt, wann und vor Allem wie ich das gemacht habe. Weder die Windel noch der eigentlich recht eng sitzende Body waren beschädigt oder geöffnet - und ich bin ja nun auch noch ein gehandicapter Dackel. Vielleicht sollte ich eine Karriere als Entfesselungskünstler in Betracht ziehen - aber es macht mir viel mehr Spaß, das Ganze heimlich zu veranstalten und mich dann später an den verblüfften Blicken meines Personals zu weiden. Nun, die Strafe folgt ja irgendwie immer - da muss ich dringend dran arbeiten.

Ich musste heute morgen nämlich wieder in die blöde Brummkiste einsteigen - und diese beamte mich schon wieder an diesen seltsamen Ort, an dem ich gestern einfach so eingeschlafen war. Der Mann, der ja eigentlich ganz nett ist, aber seltsame Vorlieben zu haben scheint, drückte mal wieder an mir herum - daraufhin zog ich meinen Joker und entleerte meine Blase und diesmal auch meinen Darm - direkt vor seiner neugierigen Nase. Und? Nichts. Keine hektische Betriebsamkeit, keine genervten Worte, es wurden einfach nur Tücher unter mich gelegt und das Malheur weggewischt - und niemand war sauer. Wie unbefriedigend für mich.

Da ich ja in meinem hinteren Teil immer noch nur wenig spüre, merkte ich noch nicht einmal das spitze Ding, mit dem er mich wohl ärgern wollte. Aber ich sah es – und wusste genau, dass er mich piekste und ich nun eigentlich beleidigt sein müsste.

Dann packte mich der Chef und setzte mich auf den Boden. Für mich das unmissverständliche Zeichen, dass das Unangenehme nun vorbei ist: Zeit für die Fischleckerchen (die sind echt lecker, dafür vergesse ich mich schon mal – auch wenn es mir echt unangenehm ist, das hier öffentlich zuzugeben). Manchmal muss ich erst deutlich werden, um sie zu bekommen, aber heute hatte der Chef offenbar ein schlechtes Gewissen (recht so!) und wies die Arzthelferin auf die Dose mit dem begehrten Inhalt hin. Und was soll ich sagen: es gab reichlich... Dafür nehme ich auch mal ein paar Unannehmlichkeiten in Kauf. Der Dackel vergisst nie – aber das Leben im Augenblick ist auch wichtig: Was ich hab, hab ich.

Nun sind wir wieder zu Hause – und der Chef möchte mich offenbar in Watte packen. Wie unnötig. Warum ich jetzt nach meinem Ball doppelt so intensiv fragen muss, verstehe ich nicht. Ich bin doch fit, das blöde Pflaster am Bauch ist zwar nervend – *aber ich bekomme es schon noch ab.* Und ich habe zwar heute Morgen endlich nach dieser langen, darbenden Zeit endlich wieder etwas zu fressen bekommen - na ja, ich weiß nicht, in welchen Dimensionen mein Rudel denkt - ich habe Hunger - und das Bisschen heute war viiiel zu wenig - ich habe schließlich Nachholbedarf. Nun genieße ich erst mal die Sonne auf dem Balkon. Ich muss schließlich ausgiebig darüber nachdenken, wie ich meinem Rudel erkläre, dass ich mit Zustand der erhöhten Aufmerksamkeit sehr zufrieden bin und wir das gerne ab jetzt immer so machen können.

Ich hoffe sehr, dass der Chef nun zufrieden ist und mich erst mal wieder eine Weile nicht mehr zu diesem komischen Mann bringt. Durch diese unangenehme Geschichte hat sich das mit den Hormonen nun hoffentlich endlich erledigt - damit habe ich davor immerhin mal Ruhe. Ich habe gutes Heilfleisch, die Narbe an meinem Bauch ist schon jetzt kaum noch störend.

Mir geht es gut - und dieses Unwohlsein, was mich eine Weile plagte, ist auch weg. Es kann weitergehen: ich bin wieder da!

Über Buddelecken, salziges Wasser und Kofferbesetzungen

Ich habe es an sich echt gut getroffen mit dem Rudel, das ich mir ausgesucht habe. Es wird hier nie langweilig. Heute ist wieder einmal so ein seltsamer, ungewöhnlicher Tag. Die ganze Routine, die ich doch so mag und auf die ich mich gerne verlasse, wird heute über den Haufen geworfen. Die Zweibeiner laufen wie aufgescheuchte Hühner durch die Wohnung, überall entstehen wie durch Geisterhand Häufchen mit Klamotten, Taschen und - erschreckenderweise: Körbchen, Hundefutterdosen und meinen Decken. Ich lasse mich von der hektischen Aktivität des Rudels anstecken. Der Chef ist gereizt, mault die Nachwuchschefs wegen Kleinigkeiten an. Ich habe gelernt, dass es für mein eigenes Seelenheil besser ist, ihm aus dem Weg zu gehen, wenn er in dieser anstrengenden Stimmung ist. Aber natürlich macht auch mich die ganze Situation sehr nervös. Was mag das bedeuten? Zum Glück kann ich mit meinen feinen Antennen für Menschenstimmungen eine Art freudiger Erwartung ausmachen - zur Zeit aber überdeckt von extrem angespannter Stimmung. Im Wohnzimmer und im Flur kann selbst ich schmaler Dackel kaum noch treten - überall steht Zeug herum. Der geöffnete Koffer mitten im Raum scheint mir ein geeigneter Platz zu sein, um zentral das Geschehen verfolgen zu können. Aus irgendeinem Grund scheint das Ding auch wichtig zu sein, denn regelmäßig wirft ein vorbeikommendes Zweibein Dinge dort hinein. Bei soviel Aufmerksamkeit, die dieses monströse Koffer-Dings bekommt, muss ich ja davon ausgehen, dass es, egal, was passiert, eine wichtige Rolle spielen wird. Ich sammle also meine Kräfte und schaffe das für einen gelähmten Dackel an sich unmögliche: ich krabbele in einem unbeobachteten Moment in dieses Ding hinein. Wie ich das geschafft habe? Ich weiß es ehrlich gesagt auch nicht so genau - wenn es sein muss, kann ich halt meine sorgfältig verborgenen Kraftreserven mobilisieren. Erleichtert, es geschafft zu haben, lasse ich mich in den nach frisch gewaschener Wäsche duftenden Berg Menschenkleidung sinken. Weich und bequem - so mag ich es. Gut, es riecht mir persönlich etwas *zu* frisch - aber aus Erfahrung weiß ich, dass sich das nach einem ausgiebigen Hineinkuscheln durch mich schnell ändern wird. Falls sich meine Blase überraschend melden sollte, geht es sogar noch schneller - allerdings mag ich *diesen*

Geruch dann selbst nicht so gerne – daher hoffe ich, dass der kleine See, den ich vor lauter Anstrengung vor dem Koffer verloren habe, den Druck in meiner Blase so weit gemindert hat, dass ich nun eine Weile ohne unfreiwilligen Flüssigkeitsverlust auskomme.

Natürlich bleibe ich in meiner exponierten Position nicht lange unentdeckt. Das schallende Gelächter des großen Nachwuchs-Chefs lockt die restlichen Zweibeiner herbei. Ich weiß nicht genau, wie ich es gemacht habe, aber plötzlich weicht die verbissenen ernste und angespannte Stimmung einem heiteren Dackel-Menschen-Gruppenkuscheln. Gut, dass ich da bin.

Leider hält die entspannte Laune nicht lange, ich werde aus dem Koffer gepflückt und auf eine meiner Decken gelegt. Nun gut, von hier habe ich auch alles im Blick und kann schnell reagieren, falls unvorhergesehene Dinge passieren. Leider ist aufpassen immer sehr anstrengend – und mich übermannt der Schlaf. Ich werde wach, als ich vorsichtig hochgehoben und in die Brummkiste getragen werde. Wie gemein. Überrascht schaue ich mich um: die kleine Blechbüchse ist bis an den Rand gefüllt mit den Dingen, die doch vor kurzer Zeit noch in meiner Wohnung herumstanden. Schlaftrunken wie ich bin, füge ich mich zunächst kommentarlos meinem Schicksal.

Schlafen werde ich aber natürlich nun nicht mehr. Kurz habe ich einmal durchgezählt: das Rudel ist komplett. Zum Glück. Die Brummkiste setzt sich in Bewegung - dabei ist es doch noch dunkel! Mein Zeitgefühl ist völlig durcheinander. Habe ich etwas verpasst? Offenbar... Selbstverständlich weigere ich mich, mich hinzulegen, auch wenn es mittlerweile echt anstrengend ist und mir die Augen im Sitzen dummerweise immer wieder zufallen. Dieses monotone, gleichbleibende Gebrumme ist aber auch einschläfernd. Die Nachwuchs-Chefs schlummern offenbar auch - wach ist nur der Chef. Irgendwann kann ich nicht mehr, lasse mich widerwillig zusammensinken, rolle mich ein und gebe mich widerwillig der süßen Hypnose durch das gleichmäßige Brummen hin. Den Rest dieser Fahrt habe ich verdrängt; es gab ein paar Unterbrechungen, wo ich jedes Mal hoffte, dass diese Quälerei für mich und meinen nervösen Magen nun endlich vorbei sei - aber ich wurde immer wieder in die Blechbüchse zurückgezwungen. Wieder einmal musste ich feststellen, dass es frustrierend ist, wenn man nur die Größe und das Gewicht einer durchschnittlichen Damenhandtasche hat...

Nach einer gefühlten Ewigkeit stoppt die Blechbüchse erneut. Natürlich merke ich, dass sich die Stimmung im Auto in freudige Erregung geändert hat, lasse mich gerne davon anstecken und mache mich sicherheitshalber deutlich und lautstark bemerkbar - nicht, dass ich am Ende hier drin vergessen werde! Und tatsächlich: ich werde aus der Blechbüchse gepflückt und in einen Garten getragen. In einen Garten! Sofort mache ich mich auf eine Erkundungstour. Herrlich! Die Zweibeiner sind nicht zu sehen, aber nach so langer Zeit mit Kontakt auf engstem Raum ist das gar nicht schlimm. Gerüche und spannende Ecken mit blickdichtem Unterholz fesseln meine Aufmerksamkeit. Das Rudel muss jetzt mal eine Zeit ohne meine Gegenwart auskommen, beschließe ich. Leider habe ich da aber die Rechnung ohne die Zweibeiner gemacht. Gerade, als ich eine vielversprechende Stelle etwas näher (im wahrsten Sinne des Wortes: *tiefgründiger*) untersuchen möchte, dringen die bekannten und gerne ignorierten Worte *nein, lass das, aus* wie aus weiter Ferne an meine ausnahmsweise mal nicht umgeklappten Ohren.

So lange Schlappohren sind ja manchmal echt praktisch und immer für die unter Dackeln bekannte und beliebte Ausrede mit der schlechten Akustik perfekt geeignet. Ich habe den Zweibeinern anfangs sehr oft zu erklären versucht, dass sie sich einfach vorstellen sollen, einen Lappen über ihren nackten Ohren zu haben: Geräusche kommen dann selbstverständlich nur gedämpft im Hundewahrnehmungszentrum an. Ich denke, sie glauben es wirklich. Leider klappen meine Ohren aus irgendeinem Grund sehr häufig um. Das Personal ist dann immer bemüht, sie umgehend wieder auf Werkseinstellungen zurückzusetzen. Dass sie mir damit das beste Argument liefern, warum ich leider auf (gewisse) Bitten mangels akustischer Wahrnehmung nicht reagieren kann, haben die sonst so schlauen Zweibeiner offenbar nicht verstanden. Gut für mich. Als kluger Hund habe ich schon vor langer Zeit entschieden, in meinem eigenen Interesse hier jegliche Argumentation und Erziehung einzustellen.

Offenbar meint mein Rudel es aber diesmal echt ernst, denn ich werde vom kleinen Nachwuchschef hochgehoben und von dem Mauseloch, das ich gerade auf passende Dackelschnauzengröße vergrößern wollte, weggetragen. Ganz kurz bin ich echt sauer. Erst wird in meinem Heim alles auf den Kopf gestellt, dann muss ich auf meinen Schönheitsschlaf verzichten, um nicht vergessen zu werden und schließlich muss ich auch noch in der blöden Blechbüchse fahren. Nun scheint sich endlich das Blatt zu meinen Gunsten gewendet zu haben – und dann wird mir der Spaß direkt wieder verdorben! Ein paar Sekunden lang überlege ich, ob ich meine Wut über die Unterbrechung offen zeigen soll. Ist ja schließlich nur einer der Nachwuchschefs - der in meiner persönlichen Rangfolge natürlich weit unter mir steht. Dann trifft aber mein Blick die dunklen Augen des Chefs, der in ein paar Metern Abstand steht. Okay. Der Chef ist der einzige Mensch, den ich kenne, der mir mit seinem Blick mögliche Konsequenzen meines Handelns aufzeigen kann und das auch tut. Ich habe es früher ein paar Mal ignoriert und gelernt, dass das oft in bösem Streit endet - aus dem irgendwie immer ich als lediglich zweiter Sieger hervorgegangen bin. Also reiße ich mich zusammen, auch wenn es mir echt schwer fällt. Der kleine Nachwuchschef trägt mich durch den Garten, öffnet ein Tor - und setzt mich vorsichtig ab. Und, was soll ich sagen? Ich bin mitten im Paradies. Sand und Erde, soweit ich nur sehen kann. Der kleine Mensch deutet auf eine Stelle auf dem Boden und meint:

„Na, was meinst du? Ob sich hier vielleicht etwas Spannendes vor dir verstecken möchte?" Instinktiv beginne ich zu graben. Hey, was ein Spaß! Der kleine Chef, dessen Krallen nicht so lang und hart sind wie meine, holt sich Unterstützung in Form von einer kleinen Schippe, Bechern und kleinen Eimern. Und wir beide sind dann in den nächsten Stunden mit der Umgestaltung dieser Buddelecke beschäftigt. Die gemeine Entfernung von meinem ursprünglichen Buddelloch im Garten habe ich dem kleinen Menschen längst verziehen – hier ist es ja viel, viel besser! In trauter Zweisamkeit graben und buddeln wir gemeinsam. Nach einer Weile entfernt der Chef uns beide aus diesem Paradies. Diesmal bin ich auch gar nicht so böse, denn eigentlich bin ich nun ziemlich platt, nehme dankbar das dargebotene getrocknete Kaninchenohr als kleinen Snack an und kuschele mich anschließend dankbar in meine Decken. Wo auch immer ich hier gerade bin, der Chef nennt es „Urlaub": und ich möchte hier nie wieder weg, glaube ich.

Nach ein paar Tagen, in denen ich den Garten ausgiebigen Inspektionen unterzogen habe und dabei feststellen musste, dass er wirklich hermetisch und sogar dackelsicher abgeriegelt ist (ich habe natürlich sofort den Zaun auf der kompletten Länge – und Tiefe - auf mögliche Konstruktionsfehler und Schwachstellen intensiv untersucht), fühle ich mich dort zu Hause. Wenn ich buddeln möchte, setze ich mich vor die kleine Erhöhung (über die ich wegen meiner gelähmten Hinterbeine leider nicht selbstständig hinwegkomme) und innerhalb kürzester

Zeit bin ich wieder in meinem kleinen, persönlichen Paradies. Ich darf buddeln, so tief, so viel und so lange, wie ich möchte. Den Muskelkater lasse ich mir anschließend vom Personal wegmassieren: alle haben immer Zeit für mich. Toll.

Manchmal muss ich ja trotzdem noch in die dumme Blechbüchse einsteigen. Ich mag es immer noch nicht - aber ich gebe zu, dass ich jetzt jedes Mal sehr gespannt bin, was für Überraschungen am Ende nun wieder auf mich warten. Das hier ist ganz anders als zu Hause, das steht fest. Und es gefällt mir!

Nach einer Fahrt im Auto steige ich zum Beispiel aus und stelle fest, dass ich offenbar in eine noch größere Buddelecke gebeamt wurde. Sand, so weit ich schauen kann. Er ist fest, so dass ich mit meinem Rolli wunderbar darauf gleiten kann. Buddeln vernachlässige ich zunächst, denn es gibt ja so viel zu schauen! Plötzlich stehe ich vor einer ziemlich großen Pfütze. Ich hasse Pfützen. Der Chef erklärt mir in wortreichem Blabla, dass dies das Meer sei. Ja ja. Wahrscheinlich will er mich wieder reinlegen und mich nur überreden, hineinzugehen. Als er mich jedoch aus dem Rolli herausnimmt, tendiere ich ganz kurz mal dazu, seinen Worten zu glauben: so eine große Pfütze habe ich noch nie gesehen. Wasser voraus und Rolli ab bedeutet außerdem: ich darf schwimmen! Ich liebe es und stürze mich in die (zugegeben flachen) Fluten. Selbstverständlich tue ich auch das, was ich immer mache, sobald mir Wasser abseits von meinem langweiligen Trinknapf zu Hause vor die lange Schnauze kommt: ich trinke schnell und in großen Schlucken. Ich sollte mir echt angewöhnen, nicht so gierig zu sein. Denn so merke ich leider erst nach den ersten fünf hastig heruntergeschluckten Wasserportionen, dass das hier zwar aussieht wie normales Wasser, sich so verhält wie normales Wasser – aber absolut nicht so schmeckt! Entsetzt und überrascht versuche ich sofort, den unangenehmen Geschmack aus meinem Maul zu bekommen. Offenbar mache ich dabei nicht wirklich einen souveränen Eindruck, denn mein gesamtes Rudel kringelt sich bei meinem Anblick vor Lachen. Haha. Ich finde es überhaupt nicht lustig und beäuge die kleine Schüssel mit Wasser, die mir vom Chef nun vor die Nase gehalten wird, äußerst misstrauisch. Aber da es wirklich eklig in meinem Hals brennt, teste ich vorsichtig. Okay, das hier ist zum Glück *echtes* Wasser. Erleichtert kühle ich meine Kehle. Und muss sofort weiter: ich habe schließlich keine Zeit, ich muss schwimmen! Ich liebe schwimmen! Und muss natürlich sofort auch ausprobieren, ob das Wasser in dieser

Riesenpfütze eigentlich jetzt immer noch salzig ist. Beherzt nehme ich also erneut einen großen Schluck - und muss sofort wieder spucken und würgen. Also, das ist echt seltsam und extrem gemein, finde ich. Ich mache es kurz: ich bin an diesem Tag noch viel geschwommen und habe ausgiebig mit meinen Zweibeinern geplanscht. Und ich habe immer wieder versucht, ob die seltsame Flüssigkeit immer noch komisch schmeckt - was sie überraschenderweise tatsächlich jedes Mal tat. Zwischendurch brauchten meine Menschen immer mal wieder eine Pause und legten sich in den warmen Sand. Im Sand buddeln ist irgendwie nicht so spannend, wie Löcher in normale Erde zu graben. Sand ist viel feiner als Erde und nistet sich in Nase, Ohren, Augen und überhaupt überall ein. Das mag ich gar nicht. Trotzdem macht so ein Tag am Strand wirklich Laune - und produziert extrem müde Dackel. Zum Glück musste ich den Rückweg nicht mehr selbst laufen, sondern durfte mich in meine eigene Kutsche zurück ziehen. Im Buggy wurde ich zurück zur Brummkiste geschoben, konnte von hoch oben alles im Blick behalten und musste natürlich auch so manch anderen anwesenden Vierbeiner von meiner erhabenen Plattform akustisch in seine Schranken weisen. Sehr praktisch, so ein Überblick. An die erneute Reise in der

Brummkiste erinnere ich mich übrigens nicht mehr so ganz genau – ich war sehr, sehr müde.

In dieser tollen Zeit bin ich noch oft mit der Brummkiste gefahren – und habe tolle Dinge gesehen und erlebt: ich bin sogar mit einem Schiff gefahren. Natürlich war ich mit meinem Rolli überall der Star, aber das bin ich ja gewohnt und huldige gerne meinem geneigten Publikum. Ich habe mich mit wolligen Vierbeinern unterhalten, natürlich auf meine eigene Dackel-Art: sie blökten mich an, ich antwortete leise. Sie blökten wieder, und ich antwortete wieder. Auf die Dauer ganz schön anstrengend, denn es gab dort offenbar unendlich viele Wollknäuel. Ich bin ein höflicher Hund und antworte natürlich immer, allerdings habe ich irgendwann den direkten Blickkontakt vermieden, diese dauerkauenden Vierbeiner waren mir echt auf die Dauer zu gesprächig. Und einfach zu viele. Ich habe ja schließlich auch noch andere Dinge, um die ich mich kümmern muss.

Also, Urlaub ist echt was Tolles, das sollten wir viel öfter machen.

Über Zweibeiner und ihre Affinität zu seltsamen Maschinen

Mein erstes Lebensjahr verbrachte ich auf einem Bauernhof. Da ich eigentlich ein reinrassiger Rauhaardackel bin, aber ganz glattes Fell habe und außerdem etwas zu klein geraten bin, wollte mich von den Menschen, die dort auf den Hof kamen, niemand mitnehmen, so, wie sie es mit meinen Geschwistern taten. So blieb ich einfach weiter auf dem Hof, auf dem ich zur Welt kam und lebte mit meinem Onkel, einem alternden Krummbein, in einem Verschlag zwischen den Kuhställen, dem Hühnerauslauf und dem Wohnhaus meines damaligen Chefs. Ab und zu kamen immer noch Zweibeiner zu Besuch - aber ich wartete auf mein Rudel. Ich wusste, ich würde spüren, wenn es die richtigen Menschen sind, die von mir als zukünftige Dosenöffner erwählt werden wollten. Und so traf ich eines Tages meinen Chef und war mir sofort sicher: mit diesem Zweibein möchte ich den Rest meines Lebens verbringen. Der Chef packte mich in die Brummkiste, die mich immer wieder in meinem Leben belästigen sollte. Kurz kam ich ins Wanken: Ob es wirklich so eine gute Idee war, mein selbstbestimmtes, zwar durch Mauern und Zäune begrenztes, aber sicheres und berechenbares Leben zugunsten dieses Menschen aufzugeben, dessen erste offizielle Amtshandlung es war, mich in dieses seltsame Ding zu setzen? Viel Zeit zum Nachdenken hatte ich nicht, denn es begann zu schaukeln und zu rütteln – und mein Frühstück beschloss, sich den kürzesten und für mich sehr unangenehmen Weg wieder nach draußen zu suchen. Nach einer gefühlten Ewigkeit kamen wir in meinem neuen Heim an. Viele, viele neue Eindrücke prasselten auf mich herab, aber nach ein paar Tagen fühlte ich mich dort sehr, sehr wohl.

Mit manchen Dingen werde ich mich allerdings nie anfreunden können – und das, obwohl ich nun schon so lange in meinem Rudel lebe, dass ich mein „altes" Zuhause schon fast vergessen habe. In meinem neuen Leben lernte ich viele seltsame Dinge kennen. Die Brummkiste gehört dazu – hier habe ich bereits nach meiner ersten Reise dort drin beschlossen, dass ich diese Art der Fortbewegung Zeit meines Lebens nicht mögen werde. Sehr unangenehm ist auch ein Ding, das der Chef „Staubsauger" nennt. Regelmäßig holt er dieses Ding aus der Ecke hervor – und ich mag es trotzdem nicht. Gut, es hat mir nie etwas getan, aber es macht sehr unangenehmen Krach, nervt und ist meiner Meinung nach einfach völlig überflüssig: Besen finde ich viel besser (da kann man wenigstens so schön in die Borsten beißen). Der Chef war der irrigen Meinung: „Da gewöhnst du dich schon dran, die Routine wird es richten". Ja ja. Der Chef und seine eigenen, manchmal doch sehr blauäugigen Vorstellungen. Natürlich habe ich mich nicht daran gewöhnt. Auf gar keinen Fall. Gut, ich weiß mittlerweile, dass von diesem Ding offenbar keine direkte Gefahr für mein Leben droht. Aber deshalb muss ich es ja nicht gut finden. Ich höre sofort, wenn irgendjemand dieses Ding auch nur anfasst. In Windeseile sinkt dann meine Stimmung in einen extrem unterkühlten Bereich. Möchte der Chef im Wohnzimmer saugen, muss ich selbstverständlich diesen Raum unverzüglich verlassen. Der einzig sichere Bereich in dieser Wohnung ist dann mein Körbchen im Schlafzimmer. Natürlich muss ich dann erst an dem blöden Ding vorbei. Da ich keine Angst habe, sondern einfach nur genervt bin, drücke ich mich auch auf engstem Raum an dem Monster vorbei, klettere über das Kabel und verschwinde in meinen Gefilden. Der Chef ist dann jedes Mal erstaunt (ja, dies ist ein klassischer Fall, wo sich schön zeigt, dass Dackel den Menschen weit überlegen sind: er hat es immer noch nicht begriffen, dass ich keine Angst habe, sondern einfach nur gestresst von dem Eingriff in meine Wohlfühlsphäre bin), dass ich mich ganz eng an dem verhassten Ding vorbei drücke. Was soll ich auch tun, wenn kein Platz für ein großzügiges Ausweichen ist? Ärgerlich ist, dass der Chef sehr genau weiß, dass ich sowohl die Brummkiste als auch diesen Staubsauger nicht mag. Und dennoch zwingt er mich, diese Dinge zu ertragen. Aus mir noch unbekannten Gründen ist er da völlig beratungsresistent und stur wie ein Esel – beide Dinge nutzt der Chef regelmäßig, obwohl er doch weiß, dass ich sie deutlich ablehne. Ich habe in meinem Rudel schon viel erreicht und die Zweibeiner auf eine dackelkonforme Spur gebracht. Nur in diesen Fällen komme ich einfach nicht weiter. Zum Glück bin ich ja hartnäckig und sehr optimistisch – auch diese Herausforderung werde ich irgendwann meistern. Jeder Rückschlag, jede Autofahrt und jede Benutzung des Staubsaugers ist für mich ein Ansporn, über eine andere Taktik nachzudenken. Irgendwann finde ich *die* Lösung. Und bis dahin leide ich eben mehr oder weniger still in der Brummkiste und drücke meinen Unmut durch sofortiges Verlassen des Raumes aus, wenn jemand diesen Staubsauger in die Hand nimmt. Es ist anstrengend, aber ich bin mir sicher, meine deutliche, unterschwellige Botschaft wird irgendwann Erfolg haben. In der Menschenerziehung sind Geduld und Konsequenz schließlich die wichtigsten Dinge.

Es gibt aber auch interessante Maschinen in diesem Haushalt. Der Föhn zum Beispiel. Ein Ding, das warme Luft ausspuckt. Wie warmer Wind, der an laue Sommernächte denken lässt. Leider wird dieses Ding immer nur im Bad genutzt. Und dort gehe ich halt wegen latent drohender unerwünschter Wassermengen und Shampoodüften nur sehr ungerne hinein. Gut, es gibt Ausnahmen. Wenn die Zeit für meine große Zeitungsleserunde gekommen ist, besucht der Chef immer vorher diesen Ort. Das weiß ich. Ich weiß auch, dass er sich danach die Schuhe anzieht (nicht die Büro-Klacker-Schuhe, sondern die bequemen ich-gehe-jetzt-lange-auf-spannenden-Wegen-mit-dem-Dackel-Schuhe). Da springe ich auch schon mal über meinen Schatten und unterstütze den Chef bei seinem Besuch auf der Toilette, indem ich ihn durch freundliches Beinanstupsen zu Höchstgeschwindigkeiten ansporne und deutlich auf meine kaum noch zu zügelnde Vorfreude hinweise. In diesen Momenten ist ein Besuch im Bad offenbar harmlos, der

Chef und ich verlassen diesen Raum dann erfahrungsgemäß gemeinsam - ungeduscht.

Manchmal bedauere ich den Chef, dass er sich so oft am Tag offenbar freiwillig und sehenden Auges in die Gefahr begibt. Die gemeine Dusche scheint sich ihre Opfer willkürlich unter den Lebewesen zu wählen, die diesen Raum arglos betreten. Fast jeden Morgen wird der Chef Opfer dieser wassersprühenden Geltungssucht. Er nimmt es überraschend gelassen, fast so, als würde er es auch wollen. Nun gut, wenn er so schnell nachgibt: ich werde mich niemals ohne deutlichen Widerstand von diesem Ding mit Wasser bespritzen lassen. In diesem Bad befindet sich aber auch der von mir geliebte Föhn. Dieses Ding spuckt zum Glück kein Wasser, sondern warme Luft. Einfach herrlich! Wenn irgendjemand aus dem Rudel dieses Ding benutzt, bin ich zur Stelle. Ja, ganz im Gegenteil zum Staubsauger suche ich hier den Kontakt. Leider habe ich noch nicht herausgefunden, wie ich dieses Ding selbst zum Leben erwecken kann. Aber das Rudel hat schon verstanden: wer auch immer diesen Warmwindpuster anmacht, richtet ihn dann gerne auch mal auf den zu den menschlichen Füßen wartenden Dackel. Und ich genieße dann die warmen Luftströme, die wie sanfte Streicheleinheiten über mein Fell gleiten. Auch dieses Ding verursacht unangenehme Geräusche – aber da setze ich Prioritäten. Leider ist diese fast schon spirituelle Streichelsequenz immer viel zu kurz – denn die Zweibeiner mögen das offenbar auch und denken, wie so oft, zunächst an sich selbst. Wann immer ich kann, hole ich mir aber dieses ganz besondere Bonbon. Seltene Dinge erlangen oft einen besonderen Wert und werden intensiv genossen.

Der Chef scheint ein Faible für seltsame Maschinen zu haben. Ich kann mich beim besten Willen nicht daran erinnern, dass es auf meinem Stück Weg auf dem Hof, auf dem ich mein erstes Jahr verbrachte, so viele komische Dinge gab.

Benutztes Geschirr wird, nachdem die darauf platzierten Köstlichkeiten in den menschlichen Mündern verschwunden sind, in eine weitere Maschine geräumt. An sich ja völlig unnötig: ich stehe doch schließlich immer bereit, um die Teller von Essensresten zu befreien. Nach meinem selbstverständlich völlig selbstlosen Einsatz erstrahlen Teller, Schüsseln und Besteck so rein, dass das Rudel sie auch einfach für die nächste Verwendung beiseite legen könnte. Aber nein, wieder einmal wird mein Engagement komplett ignoriert. Statt dessen wird das Maul einer riesigen Apparatur geöffnet und die Utensilien dort hineingestapelt. Ein weiteres, für mich wohl auf ewig unergründliches Geheimnis menschlichen Denkens. Angeblich wird das Geschirr in diesem Ding gereinigt. So ein Unsinn. Dackel sind da genauso effektiv, finde ich. Und es geht viel schneller. Uuund: ich bekomme auch endlich mal etwas von den leckeren Dingen. Wenn ich genau darüber nachdenke, hat eine Geschirrreinigung durch mich nur Vorteile. Nur die Zweibeiner, die verstehen das wieder mal nicht. Ein Wunder, dass mein Rudel so lange ohne Hund überleben konnte. Manchmal wird die Klappe dieser Maschine nicht sofort wieder geschlossen, sondern bleibt noch einen Moment weit geöffnet. Eine Dackel-Einladung offenbar. Selbstverständlich komme ich meiner offensichtlichen Pflicht nach, krabbele auf die niedrige Klappe (ja, ich schaffe auch das, mühsam, aber die Anstrengung wird ja belohnt. Einsatz zahlt sich aus.) und befreie das Geschirr, das ordentlich in Reih und Glied gestapelt ungeduldig auf eine Reinigung wartet, von den lästigen und wohl unerwünschten Essensresten. Wieder einmal stelle ich fest, dass Menschen diese Köstlichkeiten, die sie sich auf die Teller häufen, gar nicht richtig zu würdigen wissen. Mein Futternapf ist, wenn ich meine Mahlzeit beendet habe, blitzeblank. Gut, es ist halt etwas mehr Aufwand, die Reste sorgfältig abzuschlecken. Warum sollte ich aber etwas, was mein Überleben sichert, in der Schüssel zurücklassen? Vor Allem, wenn es auch noch lecker ist? Aus Erfahrung weiß ich zwar, dass meine Schüssel sich regelmäßig füllt. Bisher zumindest. Was aber ist, wenn morgen Dinge in diesem Napf sind, die nicht so lecker sind? Oder, viel schlimmer, gar nichts dort drin ist? Ich bin ein Dackel, ich kann mir mein Futter notfalls selbst organisieren. Aber selbstverständlich nehme ich auch die angenehme Variante des völlig ohne Arbeitseinsatz oder Gegenleistung kredenzten Futters gerne an. Solange es schmeckt.

Nun, ich sitze also auf der Klappe der Spülmaschine und schlecke hingebungsvoll die noch mit Soße des gestrigen Menschen-Abendessens bedeckten Teller ab, als mich ein Aufschrei eines Nachwuchs-Chefs aufschrecken lässt. Ich bin natürlich augenblicklich in Hab-Acht-Stellung. Einbrecher? Sturmflut? Verletzte Menschen? Dann registriere ich, dass das junge Zweibein wohl mich beziehungsweise meinen momentanen Aufenthaltsort meint. Ich höre natürlich sofort das mühsam unterdrückte Lachen heraus und beschließe, dass wohl keine Gefahr droht – weder dem Rudel noch mir – und schlecke daher unbeeindruckt weiter. Ich kenne ja mein Rudel mittlerweile. Manchmal habe ich den Eindruck, dass die Menschen es einfach nicht mögen, wenn ich zu offensichtlich mitdenke und für meinen Lebensunterhalt selbst sorge. Mittlerweile ist aus dem unterdrückten Lachen ein lautes, unbeherrschtes Kichern geworden. Ich bin mir sicher, dem kleinen Menschen geht es gut, auch wenn er die ganze Zeit, dezent nach Luft schnappend, nach dem Chef ruft. Wenigstens hat er nicht wieder dieses seltsame Fotodings in der Hand. Das kann ich ja mal so gar nicht einordnen. Manchmal sprechen die Zweibeiner dort hinein. Und manchmal kommen vertraute Stimmen dort hinaus - obwohl weit und breit niemand zu sehen ist, der zu dieser Stimme gehören könnte. Ich sag ja: Menschen und ihre Affinität zu komischen Geräten.

All diese Gedanken rasen durch meinen Kopf, während ich instinktiv und wie ferngesteuert weiterhin alle erreichbaren Dinge in dieser Spülmaschine von Essensresten befreie. Menschen denken und handeln meist deutlich langsamer als wir Hunde; ich habe daher gelernt, diesen kostbaren Vorsprung wo immer es geht auszunutzen. Multitasking heißt das Zauberwort. Um gewisse Dinge muss ich mich nicht kümmern, die sind nämlich einfach instinktgesteuert: die Nahrungsorganisation zum Beispiel. Sehr praktisch. Hab ich mehr Zeit für Anderes. Und besonders gut ist: die Zweibeiner rechnen nicht damit, dass ich mir über den reinen Überlebenswillen hinaus noch Gedanken mache. Können sie ja auch nicht wissen – ich bin ja schließlich für sie *nur* ein Tier. Ja, ich weiß. Ist auch wirklich schwierig. Oft genug ist es anstrengend, meine Weltanschauung den Zweibeinern zu vermitteln. Dabei ist sie doch eigentlich so einfach: ich liebe, wen ich lieben möchte – und der Rest wird nach Nutzen und Überlebenswichtigkeit abgestuft. Zweibeiner und Hunde setzen da unterschiedliche Schwerpunkte, daher ist es manchmal echt schwierig, einen Konsens zu finden. Kompromisse prägen. Wenn man sich denn darauf einlässt. Ich bin ja auch nicht immer bereit, nachzugeben, wenn ich von meinem eigenen Ziel überzeugt bin. Aber ich habe gelernt, wann es sich offenbar lohnt, zurückzustecken. Der Mensch gewinnt – und ich als Dackel bleibe trotzdem erster. Die hohe Kunst der Menschenerziehung. Nun ja. Mein Ausflug in die Welt der Technik hat nun leider ein plötzliches Ende gefunden. Der Chef pflückt mich wie eine reife Frucht aus diesem Paradies von köstlichen Essensresten. Immerhin ist er offenbar nicht böse, denn ich merke natürlich sofort, dass er sich, von Lachkrämpfen gebeutelt, kaum auf den Beinen halten kann. Da ich aber nun nicht mehr in dieser

Spülmaschine sitze, sondern leider davor, gehe ich davon aus, dass dieser Ort auch zu denen gehört, die nicht für Dackel bestimmt sind. Egal. Niemand hat geschimpft, niemand hat das böse Verbots-Wort ausgesprochen. Also ist es grundsätzlich erlaubt, nur in diesem Moment nicht gewünscht. Vielleicht wollte ja auch der Chef selbst noch einmal die Teller begutachten und ich habe ihn nun um sein Mahl gebracht? Sofort meldet sich mein Gewissen. Dann aber denke ich mir: es sind ja noch genug bekleckerte Teller übrig – das reicht für uns beide.

Leider konnte ich diese Erfahrung nur einmal machen – ich habe es nie wieder erlebt, dass das Maul dieser Maschine unbeobachtet offen stand. Schade eigentlich.

Über menschliche Zwänge und das Glück, mit einem mitdenkenden Dackel zusammenzuleben

Oft erzähle ich davon, wie schwierig und umfangreich die Erziehung der Zweibeiner ist. Manchmal ist es aber auch ganz einfach. Am besten klappt es, wenn der Chef mal wieder Input von anderen Menschen bekommen hat – sei es durch Fernsehen, Internet oder auch einfach durch Beobachten der Erfolge meiner Hundekollegen. Nun ist es mal wieder soweit, ich merke es genau an der fast schon spürbaren Euphorie, die der geliebte Mensch verströmt. Und tatsächlich: er packt stolz ein kleines, unscheinbares Ding aus. So ein bisschen enttäuscht bin ich jetzt ja schon. Dieses Ding, gerade mal so groß wie ein Häppchen Fleisch, soll mir bei der weiteren Formung des Rudels helfen können? Die Zweibeiner sind furchtbar aufgeregt – ich denke gerade ernsthaft darüber nach, ob ich irgendein bevorstehendes Ereignis nicht mitbekommen haben könnte, als ich sehe, wie eine kleine Schüssel mit köstlichen Käsestückchen gefüllt wird. Okay, *jetzt* bin ich ganz da und voll dabei. Was mag das bedeuten?

Der Chef setzt sich zu mir auf den Boden. Ich kann seine Aufregung riechen - das aufgeregte BlaBla der Nachwuchschefs überzeugt mich nun vollends, dass gleich Bedeutsames geschehen wird. Es gibt ein komisches Geräusch und sofort danach wird mir ein Stück Käse geradezu in mein Maul geschoben. Okay, *das* ist in der Tat interessant. Ich tue ja eigentlich nichts, außer, wie immer, sehr süß zu schauen, und bekomme jedes Mal, wenn der Chef auf dieses seltsame Ding drückt und ein seltsames Geräusch ertönt, ein Stück Käse. Verständlicherweise bin ich leicht perplex. Wann genau habe ich den Zweibeinern denn dieses Kunststück beigebracht...? Notiz an mich selbst: später darüber nachdenken. Jetzt: mitnehmen, was kommt! Nach ein paar Stückchen habe ich den Chef durchschaut: immer, wenn er dieses Geräusch hört, fühlt er sich gedrungen, mich mit Käse zu füttern. Seltsam ist allerdings, dass er dieses Geräusch durch dieses kleine Ding *selbst* hervorruft. Gut - auch darüber denke ich später nach. Die Schüssel ist nun leer, der Chef lobt mich (wofür jetzt genau...?), steht auf und lässt einen äußerst verwirrten Hund zurück. Natürlich bin ich enttäuscht, dass die köstliche Nahrungsquelle versiegt zu sein scheint. Im Moment ist das aber gar nicht so schlimm, ich habe ganz viel Stoff zum Nachdenken. Nachdem ich mich vergewissert habe, dass diese Vorstellung nun offensichtlich wirklich und definitiv beendet ist (der Chef stellt das leere Schüsselchen in die komische Reinigungsmaschine und schließt die Klappe derselben sofort wieder), ziehe ich mich, leicht schmollend, auf meinen Balkon in die Sonne zurück.

Was mag mit dem Chef geschehen sein, dass er mir freiwillig und ohne Gegenleistung Käse anbietet? Käse ist fast so toll wie Fleischwurst. Oder Salami. Oder Hühnerknorpel. Oder Fisch. Auf jeden Fall aber viel, viel besser als dieses Hundefutter, das ich regelmäßig in meinem Napf vorfinde. Irgendetwas muss es mit diesem Geräusch zu tun haben, da bin ich mir sicher. Ich müsste an dieses Ding herankommen - der Chef ist ja wie ferngesteuert, wenn er dieses Geräusch hört. Ein Leben im Überfluss; Käse, soviel ich mag! Wo mag dieses Ding wohl versteckt sein? Und ob der Chef weiß, wie gefährlich leicht steuerbar er dadurch wird? Über diesen schwerwiegenden Gedanken schlafe ich leider ein - einen Plan muss ich mir ein anderes Mal ausdenken. Als ich erwache, schaue ich mich vorsichtig um. Alles ist wie immer. Die Menschen benehmen sich wie sonst auch - keine Besonderheiten kann ich in ihrem Verhalten erkennen. Habe ich vielleicht nur einen wunderschönen Käsetraum geträumt...? Ich werde unterbrochen - es ist Zeit für meine große Erkundungstour draußen. Nun gut. Ich werde mir den Wind um die Nase wehen lassen, vielleicht die ein oder andere Räumungsklage bei Familie Maus durchsetzen und mal schauen, wer heute noch so draußen unterwegs ist. Zum Nachdenken ist auch später noch Zeit.

Nach unserem Spaziergang bin ich, wie immer, sehr aufgekratzt und ausgesprochen gut gelaunt. Meine Energie ist warmgelaufen. Der Chef schaut mich wieder seltsam an, geht in die Küche und füllt erneut ein Schüsselchen mit Käse. Käse! Vielleicht war es doch kein Traum und der Chef möchte wieder unbedingt dieses Geräusch hören...? Ich beobachte ihn sehr genau - und tatsächlich: er setzt sich wieder zu mir auf den Boden. Das Klick ertönt - und ich schmecke den wunderbaren Käse auf meiner Zunge kaum, so schnell habe ich das kleine Stückchen verschlungen. Ich kann mein Glück kaum fassen. Sollte ich meine Erziehung so perfektioniert haben, dass die Zweibeiner sich jetzt selbst formen? Plötzlich ändert sich etwas. Der Chef hält mir ein Stöckchen vor die Nase. Ich bin mir nun ganz sicher: er ist leider durchgedreht. Schade. Ich mochte ihn doch wirklich gerne. Sicherheitshalber schnüffele ich kurz an dem Ding. Und bin völlig überrascht, dass in dem Moment, als meine Nase den Stab berührt, dieses seltsame Geräusch erklingt und mir wieder ein Stück Käse in das vor Verblüffung leicht geöffnete Maul geschoben wird. Ich hoffe wirklich, dass die offenbare Krankheit des Chefs nichts Ernstes ist. Sicherheitshalber schaue ich mir das Stöckchen noch einmal an. Klick und Käse. Ich muss mich jetzt erst mal setzen und blicke den Chef prüfend an. Er hat sich offenbar selbst beigebracht, dass er mir jedes Mal, wenn dieses Geräusch ertönt, etwas Leckeres geben muss. Warum er das getan hat, weiß ich (noch) nicht, aber ich finde es zunächst mal grundsätzlich gut. Die Krankheit scheint aber fortzuschreiten, denn nun hält er mir wieder das Stöckchen vor die Nase. Nun gut. Vielleicht verschafft es ihm Linderung. Ich stupse also den Stab vorsichtig und mit einem skeptischen Seitenblick auf meinen Rudelführer mit meiner Nase an. Zack, es klickt und ich schmecke köstlichen Käse. Der Gemütszustand des Zweibeins macht mir langsam Sorgen – denn er freut sich darüber, dass er mich füttern durfte und lobt mich. Wofür, weiß er vermutlich in seinem offenbar desolaten Zustand selbst nicht. Ich beschließe, dass ich zwar grundsätzlich nie zu angebotenem Futter „nein" sage, es aber in diesem Fall für den Gesundheitszustand meines Chefs vermutlich wichtig ist. Und ich liebe meinen Chef mehr als mein eigenes Leben. Also drehe ich mich schweren Herzens weg. Ich möchte nicht, dass mein Chef zu einem reinen Befehlsempfänger mutiert – mitdenkende Zweibeiner gehören doch schließlich zu meinen Erziehungszielen! Und dieses Klick-Dings scheint den Chef völlig in seinen Bann gezogen zu haben. Mit der Reaktion des Chefs habe ich nicht gerechnet: er steht auf, packt den Käse weg und schneidet ein köstlich duftendes Würstchen in kleine Stücke. Moment. Was genau habe ich jetzt wieder getan, um diesen unglaublichen Erfolg zu erreichen? Mir ging es doch gar nicht um den Käse. Vermutlich ist der Chef verhext – anders kann ich es mir nicht erklären, dass er sich wieder vor mir niederlässt, mir das Stöckchen hinhält und sich, sobald meine vorsichtig gereckte Nase sacht den Stab berührt, unglaublich freut und mir auf seinen *Klick* hin ein Stück Würstchen reicht. Ich spüre seine Erleichterung und Freude. Verhext oder nicht: ich möchte ihm ein paar schöne Minuten bescheren – und Würstchen haben. Da er es also braucht: ich stupse das Stöckchen, er klickt und füttert mich auf das Geräusch hin mit Wurst – wir alle sind glücklich. Nachdenken werde ich später. Nachdem der Rest des Tages absolut gewohnt verlaufen ist, habe ich am nächsten Morgen meine Sorgen um den Chef schon fast vergessen. Bis ich merke, dass er wieder Wurst schneidet. Es ist alles wie gestern: er setzt sich vor mich, hält das Stöckchen in der einen und dieses komische Klickdings in der anderen Hand. Ich ahne, was kommt, stupse das Stöckchen an, höre das Geräusch und bekomme Wurst. Des nachts habe ich mir überlegt, dass ich den Chef ja nicht unnötig quälen muss. Vielleicht fühlt er sich nicht gezwungen, zu klicken, wenn ich sofort auf das Stöckchen zeige und anschließend meine Nase in der Schüssel mit Wurst versenke? Leider geht meine Taktik nicht auf, der Chef ist offenbar schon sehr konditioniert auf das Geräusch und die Schüssel mit der duftenden Wurst gemeinerweise außerhalb meiner Reichweite. Okay, dann gebe ich ihm die Zeit, die er braucht. Aus Erfahrung weiß ich, dass er Übungen meist erst einstellt, wenn die Schüssel leer ist - kommt mir und meinem Bedürfnis nach Leckereien sehr entgegen und ich signalisiere ihm natürlich gerne meine Bereitschaft zur Mitarbeit. Völlig überraschend steht der Chef auf, stellt die noch gut gefüllte Schüssel auf dem für mich unerreichbaren Tisch ab und scheint völlig desinteressiert an mir und dem, was ich so tue. Ich mache mir Sorgen und beobachte ihn genau. Eigentlich verhält er sich aber jetzt wie immer - ich weiß nicht, was ich glauben soll. Ist er nun krank? Ernsthaft? Oder einfach nur leicht verwirrt, wie Menschen es ja oft sind? Selbst für einen Dackel sind solche Gedankengänge anstrengend. Und da mein Hirn auch Höchstleistungen vollbringen kann, wenn ich liege, entscheide ich mich, in der Sonne auf dem Balkon nachzudenken. In dem Moment, in dem ich mich entspannt auf die Seite habe fallen lassen und flach ausgestreckt in der Sonne braten möchte, höre ich dieses Klicken. Noch bevor ich aufstehen kann, wird mir ein Stück Wurst in das überraschte Maul geschoben. Sofort richte ich mich zu voller Dackelgröße auf - aber Chef und der Inhalt des Schüsselchens sind im Inneren der Wohnung verschwunden. Zurück bleibt ein verwirrter, sonnenwarmer und denklangsamer Dackel. Ich weiß noch nicht, wer dem Chef beigebracht hat, mir jedes Mal, wenn der Klick ertönt, etwas Leckeres zu geben - aber ich möchte ihm an dieser Stelle meinen höchsten Respekt aussprechen.

Ein paar Tage später bin ich immer noch nicht schlauer. Ich habe den inneren Drang des Chefs akzeptiert, mich mit Wurst zu füttern, wann immer dieses Geräusch ertönt. Leider ist mir nach wie vor völlig unklar, warum er sich genötigt fühlt, auf dieses Ding zu drücken.

Er setzt sich nun auch nicht mehr zu mir auf den Boden, nachdem er, von mir genauestens beobachtet, eine Schüssel mit köstlichen Dingen befüllt hat. Manchmal ertönt dieses Geräusch wie aus dem Nichts und keine Sekunde später habe ich leckere Dinge im Maul, auf denen ich herumkauen könnte, wenn ich sie nicht immer reflexartig in Rekordgeschwindigkeit herunterschlingen würde. Einen Zusammenhang habe ich bisher noch nicht erkannt: ich hatte doch gar nichts Besonderes gemacht.

Selbst meine eigenkomponierte Kunststückchenkette (hinlegen, aufstehen, im Kreis drehen, rechtsrum, linksrum, bei Nichtbeachtung auch gerne mehrfach hintereinander) führt nicht zu einem Fütterungsbedürfnis des Chefs. Mein Kopf wird schwer von so vielen anstrengenden Gedanken. Da es heute regnet, ziehe ich mich heute nicht auf den Balkon, sondern auf meinen bevorzugten Platz mitten im Raum zurück und tue möglichst unbeteiligt. Dummerweise wird mein Kopf über schwerwiegende Gedanken immer sehr schwer - und ich muss ihn unbedingt ablegen. Ich lasse mich also entspannt auf die Seite sinken - und spüre sofort ein Stück köstliche Wurst zwischen meinen Zähnen. Natürlich erst, nachdem ich wieder dieses seltsame Geräusch gehört habe. Vielleicht sollte der Chef auch mal wieder nachdenken? Dann käme er auch mal ein wenig zur Ruhe... Ruhe - Moment. Das letzte Stück Wurst fand auch seinen Zugang zu mir, als ich mich auf die Seite legte... Darüber muss ich jetzt mal kurz nachdenken - und schlafe natürlich prompt über der Anstrengung ein. Wie ärgerlich - immer fordert die Natur ihr Recht, wenn ich kurz vor dem Durchbruch bin, ich spüre es doch genau. An diesem Tag habe ich keine Motivation mehr. Aber am nächsten Morgen muss ich meinen Gedankenblitz, der mir kurz vor dem Abtauchen in Traumgefilde kam, unbedingt ausprobieren. Der Chef sitzt am Schreibtisch und arbeitet. Ich schaue ihn intensiv an, so intensiv, dass er es spürt. Und tatsächlich. Scheinbar unbeteiligt blickt er zu mir. Demonstrativ langsam lasse ich mich auf die Seite fallen und lege mich flach hin. Und es passierte das Unglaubliche: der Chef fühlte sich genötigt, auf das offenbar allgegenwärtige Ding zu drücken, das Geräusch ertönte und ich bekam ein leckeres Stückchen Fleischwurst. Wo der Chef das Klickdings und die Wurst hergezaubert hat, weiß ich nicht - aber es machte in diesem Moment bei mir selbst *klick*. DAS wollte der Chef also. Okay, Hinlegen ist eine meiner leichtesten Übungen. Was soll ich sagen? Ich bin sehr glücklich, dass ich endlich verstanden habe, wie ich diesen Drang, der den

Chef offenbar so quält, etwas lindern kann. Und der Chef klickt und füttert mich. Eine win-win-Situation.

Heute weiß ich, dass das nur der Anfang war – mittlerweile habe ich begriffen, dass ich mir Klicks und Wurst selbst verdienen kann. Offensichtlich hat der Chef seine Krankheit jetzt selbst etwas im Griff. Ich hoffe, sie bricht nicht wieder stärker aus – das kostet mich sonst wieder viele anstrengende Gedanken – und ihn sehr viel Wurststückchen.

Das letzte Kapitel...

...erzählt leider der Chef selbst. Meine Motte, die kluge, selbstbewusste, kämpferische und allwissende Dackeldame ist leider nicht mehr unter uns.

Motte hat sich immer sehr viel Mühe gegeben, mir, dem Chef, genug Anregungen für neue Erzählungen zu liefern. Ich bin mir sicher, dass sie beim Erziehen ihres Personals mindestens so viel Spaß hatte wie wir als *Erzogene.*

Leider hat Mottes Lähmung durch den Bandscheibenvorfall nun ihren Tribut gefordert. Motte ist am 29.05.2018 im Alter von gerade mal fast neun Jahren hier zu Hause bei ihrem Personal in meinen Armen für immer eingeschlafen.

Der Darm hatte seine Arbeit eingestellt. Durch eine Operation in einer Tierklinik wurde noch ein großes Stück lebloser Darm entfernt und so versucht, ihr Leben zu retten - aber das kleine Kämpferherz hatte wohl da schon erkannt, dass es Zeit für den letzten Gang war. Motte hat nach der OP alles daran gesetzt, aus der Klinik nach Hause zu kommen und gab sich Mühe, alle Beteiligten von ihrer schnellen Rehabilitationsfähigkeit zu überzeugen – immerhin hatte ich ihr ja eigentlich versprochen, sie nie wieder ohne mich *irgendwo* alleine zu lassen, so wie in den furchtbaren Tagen nach der Bandscheibenoperation.

Meine Kinder waren in der Woche, in der sich Mottes Zustand rapide verschlechterte und die Operation die einzige Option zu sein schien, nicht hier. An dem Tag, an dem Motte nach dem schweren Eingriff nach Hause durfte, kamen sie aus den Ferien zurück und holten mit mir zusammen unsere Maus aus der Klinik ab. Vertrauensvoll kuschelte sie mit beiden, ließ sich widerstandslos von meinem Sohn im Transportkorb tragen (sie hasste es eigentlich, in irgendwelchen *Dingen* zu sitzen und sich tragen lassen zu müssen) und schmuste auf der Heimfahrt in der an sich doch so verhassten Brummkiste hingebungsvoll mit meiner Tochter.

Hier, in ihrem Zuhause, kontrollierte sie von ihrem zentralen Körbchenplatz aus noch einmal ihr Heim (zum Herumlaufen war sie zu schwach) und ist ein paar Stunden später im Kreis ihres menschlichen, geliebten Rudels auf meinem Arm auf ihre letzte große Reise gegangen.

Für uns Zweibeiner war und ist es sehr schwer; uns tröstet ein wenig die Vorstellung, dass sie nun ohne Einschränkungen auf der Wiese vor der Regenbogenbrücke herumtollen kann und dort auf uns wartet.

Aber natürlich geht so eine Motte nicht einfach so. Sie hat unser Leben nach wie vor und ganz selbstverständlich im Griff – nun halt von „woanders". In unseren Herzen hat sie ihren festen Platz; jeden Tag werden wir durch lebendig bleibende Erinnerungen an sie und ihr großartiges Wirken erinnert und sprechen viel über unsere Maus. Auch, wenn dann oft die Tränen fließen, müssen wir sehr häufig gleichzeitig lachen, wenn wir an unsere lebensfrohe und immer optimistische beste Freundin denken und an die vielen schönen Dinge, die wir gemeinsam erleben durften.

Für uns stand fest, dass wir nicht dackellos bleiben würden – lediglich der Zeitpunkt war ungewiss. Und es stand fest, dass das kommende Familienmitglied viele Farben haben dürfte – nur schwarz-rot wäre ein absolutes No-Go. Wir trauern und vermissen unseren Herzenshund sehr. Sie fehlt.

Eines Morgens wachte ich auf und hatte, als gefühlten Nachklang meines Traumes, plötzlich und für mich zunächst ohne nennenswerten Zusammenhang zwei Namen im Kopf: Luna und Lucy. Wenn wir noch einmal einem Krummbein ein Heim geben würden, würden diese beiden Namen in die engere Auswahl kommen, so interpretierte ich meine Gedanken. Nur wenige Stunden später sah ich im Internet Fotos von zwei kleinen saufarbenen Dackelbabies, die in ein paar Wochen, zufällig zu Beginn meines Jahresurlaubs, ihre Couch fürs Leben suchten; ihre Namen: Luna und Lucy. Zufall...?

Ich besuchte (natürlich!) die noch winzigen Dackelwelpen - und schnell war mir klar, dass dieser vermeintliche Zufall selbstverständlich keiner war.

Die kleine Lucy, die sich fordernd in unsere Herzen schleichen sollte, ist ein Rauhaardackel mit ungewöhnlich glattem, kurzem Fell (wie Motte), von ihren Eltern her sollte sie eigentlich Standardgröße erreichen, allerdings wird sie wohl etwas kleiner bleiben (wie Motte). Die kleine, zarte Lucy kämpfte sich erfolgreich ins Leben (ein Kämpfer, wie Motte). Hatte ich Lucy auf dem Arm und stellte kurz mal das Kraulen ein, legte mir die kleine Maus ihre Pfote fordernd auf meine Brust - exakt so, wie Motte es immer getan hat. Nach einer Weile der Nähe wollte die junge Dackeldame wieder auf den Boden, ignorierte ihre Geschwister, krabbelte alleine auf eine etwas abseits stehende Liege und beobachtete mich von dort intensiv aus dunklen, tiefgründigen Augen, die kleine Stirn in bezaubernde Denkfalten gelegt. In diesem Moment hatte sie mein Herz bereits gewonnen und ich war mir sicher: soviel Zufälle gibts ja gar nicht – da steckt etwas (jemand?) anderes dahinter, leitet das Schicksal und bringt zusammen, was zusammenwachsen soll.

Lucy ist vor Kurzem bei uns eingezogen – und stellt unser Leben dackeltypisch auf den Kopf, so, wie Motte es damals tat, als sie entschied, dass wir ihr Rudel auf Lebenszeit werden sollen. Ich bin mir sicher, dass Lucy Mottes begonnene und sicher noch nicht vollkommene Erziehung von uns Zweibeinern in Mottes Sinne perfektionieren wird und freue mich auf viele neue (und vielleicht auch überraschend vertraute) Lehrstunden.

Die menschliche Sentimentalität bringt es mit sich, dass von Zeit zu Zeit Fotos aus glücklichen Tagen angeschaut werden müssen. Und bei einem dieses, oft tränenreichen, Schwelgens in Erinnerungen fielen mir zwei alte Fotos in die Hände: ein Welpenfoto von Maxi, meinem Dackel, der mich 16 Jahre lang begleitete. Bis auf die Länge der Ohren hätte es auch ein aktuelles Bild von Lucy sein können – so ähnlich sehen sich die Beiden. Und ein zerknittertes, weil lange Jahre Jahre im Portemonnaie gewesenes Bild von meinem ersten Dackel, meiner schwarz-roten Hexe, die damals den Grundstein für meine lebenslange Liebe zu den Krummbeinern legte. Ich bin mir sicher, dass die drei sich irgendwie gefunden haben und nun ihre Erfahrungen austauschen – und dass die Entscheidung für unsere Lucy gemeinschaftlich getroffen wurde.

Sicher wird auch Lucy später einmal viel von ihrem Leben mit dem Personal zu erzählen haben – und ich glaube daran, dass sie durch ein unsichtbares Band mit Hexe, Maxi und Motte verbunden ist.

Danke, Motte.
Danke, Maxi.
Danke, Hexe.

Für Eure Zeit mit uns und für Lucy.